Thomas J. Erning

Mein Leben mit Daly

Eine wahre Geschichte

Erzählung

yolobooks ®

Die Deutsche Nationalbibliothek verzeichnet diese Publikation in der Deutschen Nationalbibliografie; detaillierte bibliografische Daten sind im Internet über http://dnb.dnb.de abrufbar.

ISBN 978-3-944747-002

2. Auflage 2015

Lektorat: Dr. Lotte Husung

Printed in Poland

Druck: Wydawnictwo Poligraf, Brzezia Laka

Thomas J. Erning

Mein Leben mit Daly

Eine wahre Geschichte

Hallo, Taxi !

Auf heißen Sohlen

Atemlos

Kopflos

Endlich

Angekommen

Hallo, Taxi !

„Wer um die große Liebe kämpft, sollte nicht unvorbereitet siegen“, stand auf einem Plakat. Es ist mir aufgefallen, als ich, im Fußraum eines Taxis liegend, vorsichtig durch die Stadt gefahren wurde. Ein knallgelbes Werbeplakat für ein Theaterstück. Unter dem Satz war eine Kettensäge abgebildet.

Im Nachhinein ist es kein Wunder, dass mir gerade dieses Plakat aufgefallen ist. Ich konnte zwar noch nicht wissen, dass diese Taxifahrt die erste zarte Berührung mit Daly sein würde. Auch nicht, dass Daly mich an die Hand nehmen und näher an das Leben heranführen würde, als ich es vorher je gewesen bin. Aber ich muss schon eine Ahnung gehabt haben von dem, was auf mich zukommen sollte. Zugegeben, das Plakat war auffällig. Aber für andere Menschen wären andere Dinge auffällig gewesen. Einem Automechaniker wäre vielleicht ein Geräusch am Motor aufgefallen, einer Schneiderin das schlecht gearbeitete Knopfloch an der Jacke des Taxifahrers. Mir hätte alles Mögliche auffallen können. Aber es war dieses Plakat. „Es gibt keine Zufälle“, das hatte ich einmal irgendwo gelesen. „Alles ist immer überall da, und unterwegs fällt einem zu, was fällig ist.“

Der Taxifahrer hatte mir ins Taxi geholfen. Allein hätte ich es nie geschafft. Als Bürohengst hatte ich einen sportlichen Ausgleich nötig. Also war ich viermal in der Woche ins Sportstudio gegangen. An diesem Tag aber hatte ich das Training wegen grausamer Rückenschmerzen abgebrochen. Auf dem Heimweg ruhte ich mich auf einer Parkbank aus. Als sich jedoch ein alter Mann zu mir setzte und seine Lebensweisheiten loswerden wollte, bin ich trotz der Schmerzen weitergezogen. Er ist sehr freundlich gewesen, doch bei solch quälenden Schmerzen hatte ich keinen rechten Sinn für seine esoterischen Sprüche.

Zuhause angekommen, fingen die Schmerzen erst richtig an. Ich saß am Tisch und hatte mir eine Kleinigkeit zu essen gemacht, als es an der Tür klingelte. Als ich aufstehen wollte, durchbohrte ein stechender Schmerz meinen Rücken und ich ging zu Boden. Keine Chance, aufzustehen. Nur mit äußerster Mühe erreichte ich das Telefon und konnte die eingespeicherte Nummer meines Taxifahrers drücken. So landete ich schließlich mit seiner Hilfe im Fußraum seines Taxis.

Die Arztpraxis befand sich in der Altstadt. Kopfsteinpflaster mit 30 km/h. Meine Schmerzen waren so unerträglich, dass ich nicht einmal in der Lage war, zu weinen. Der Taxifahrer schaute mich mitleidig an. In seiner Hilflosigkeit sagte er: „Ohne Glucke gehte nixe.“ Völlig absurd. Aber natürlich hatte der Mann recht.

Wer um die große Liebe kämpft, dachte ich. Wieso kämpfen? Und um was? Die große Liebe ist für mich eine Idee, nichts Reales, um das ich kämpfen kann. Im besten Fall ein Gefühl, das ich erkenne, wenn es da ist.

Ich lag gar nicht so verkehrt mit meinen Überlegungen. Aber das wusste ich damals noch nicht. Erst Daly hat mir die Augen geöffnet. Nein, Daly ist nicht meine große Liebe, ganz im Gegenteil. Aber sie hat mir gezeigt, was es heißt, das Leben zu lieben. Vielleicht war alles für mich vorhergesehen. Aber ich kann Ihnen versichern, nichts von dem, was mir passiert ist, hatte ich für mich vorgesehen. Daly kam in mein Leben und nichts ist mehr wie vorher.

Ich habe keine Ratschläge. Vielleicht doch: Achtet auf den Verkehr, bleibt zusammen und haltet euch an den Händen. Geht zur Darmkrebsvorsorge, benutzt Schuhspanner und macht euch keine Sorgen über eure Zukunft. Sich im Leben Sorgen zu machen ist so Erfolg versprechend wie Fingernägelkauen bei einem Rendezvous.

Endlich beim Arzt angekommen, wurde ich gleich weiter ins Krankenhaus geschickt. Wieder ging es sachte in den Fußraum. Mein Taxifahrer fuhr mich wie auf rohen Eiern. Als er mich vor dem Krankenhaus absetzte, fühlte ich mich hilflos und verlassen. Jetzt musste ich allein weiter. Mit dem Kopf auf Türklinkenhöhe suchte ich nach der Abteilung Magnetresonanztomographie. Das sagte natürlich kein Mensch. Alle sprachen nur von MRT. Abgesehen von meinen fürchterlichen Schmerzen kam bei meiner Suche erschwerend hinzu, dass die Abteilungsschilder aus meiner Perspektive schwer zu lesen waren. Das Schlimmste aber war, dass mir jeder den Eindruck vermittelte, als sei alles ganz normal. Niemand war zur Stelle, der sich meiner annahm.

Irgendwann stand ich vor dem MRT. Die Schwestern halfen mir auf die Liege, dann wurde ich in eine Röhre geschoben. Eine tolle Erfahrung, wenn man wie ich etwas klaustrophobisch veranlagt ist. Nach dem MRT wartete ich geduldig auf den Arzt, immer noch unter erbärmlichen Schmerzen. Ein Orthopäde. Orthopäden gehörten nach meiner bisherigen Erfahrung nicht zu den Feinfühligsten unter den Ärzten. Er murmelte in das MRT-Bild: „Schwerer Prolaps. Sie sollten sich sofort operieren lassen."

Ich hatte einen Bandscheibenvorfall. Und das passierte ausgerechnet mir. Ich konnte mir einen Bandscheibenvorfall gar nicht leisten. Ich hatte Termine.

„Einen Termin für die OP können Sie mit meinem Vorzimmer vereinbaren", sagte der Arzt noch und weg war er. Die Schwester meinte, ich solle mich jetzt mal um mich kümmern und mir keine Sorgen um die Arbeit machen. Der ganze Friedhof liege voll mit unersetzlichen Mitarbeitern. Sie hatte natürlich keine Ahnung, was bei mir im Job los war.

Ich beschloss, dass dieser Arzt und sein Team nicht auf meiner Wellenlänge lagen, riss die Bilder vom Leuchtkasten an der Wand und ließ mich zu meinem Sportarzt fahren. Der brachte mich tatsächlich nach gefühlten hundert Spritzen und noch mehr Stunden in der Reha wieder auf die Beine.

Fünf Monate später nahm ich an einem Wiedereingliederungsprogramm meines Arbeitgebers teil. Ich war wieder da. Wie immer schellte der Wecker um sechs Uhr morgens. Im Sommer war das genial, im Winter war es ekelig. Jetzt war es April und auch nicht viel besser als im Winter. Ich merkte, dass ich mit einer schlechten Laune aufgewacht war. Vielleicht hatte ich schlecht geträumt. Ich schaute aus dem Fenster und sah unter der Straßenlaterne meinen kleinen MX5 stehen. Er war jetzt nicht mehr tiefergelegt und auch das Sportfahrwerk hatte ich ausgetauscht. Er sah aus wie ein kleiner Junge mit zu kurzen Hosen. Ein hoher Preis für einen Bandscheibenvorfall, dachte ich. Damals kannte ich die gängigen Preise noch nicht.

Nach dem Frühstück, Sprung auf, marsch, marsch. Zahncreme für morgens und abends, Zahnzwischenraumbürstchen und Zahnseide. Jeden Tag die gleiche Leier, dachte ich. Ich schaute in den Spiegel. Jeden Morgen dasselbe Gesicht. Vielleicht sollte ich mir einen neuen Haarschnitt zulegen oder einen Bart wachsen lassen. Das hilft auch nicht wirklich. Ich langweilte mich unsäglich. Plötzlich hatte das Schicksal ein Einsehen. Knack, und die Langeweile war verflogen. Wie geschickt meine Zunge mit dem Inlay spielt, dachte ich. Aber dann wurden mir die Konsequenzen bewusst. Ich musste zum Zahnarzt, um das Inlay wieder einsetzen zu lassen. Nichts Schlimmes, doch besserte es meine Laune nicht.

Hoffentlich muss er nicht bohren, hoffentlich passt das Inlay noch, schoss es mir durch den Kopf. Das Wichtigste zuerst, erst einmal ins

Büro. Oben links war es herausgefallen. Ich verrenkte mir vor dem Spiegel den Hals, aber ich konnte nichts sehen. War der Zahn noch in Ordnung? Geruchsprobe. Es roch gar nicht gut.

Ich setzte mich wieder hin, um noch einen Kaffee zu trinken. Ich verzog vor Schmerz das Gesicht. Also doch erst zum Zahnarzt. Ich dachte daran, wie ich mich gerade noch über die Langeweile beim Zähneputzen beschwert hatte. Jetzt war ich auch nicht zufriedener.

Ich blickte abwesend geradeaus auf meine neuen Gardinen. Der Mann, der sie mir aufgehängt hatte, war eines Morgens blind aufgewacht. „Eine seltene Form von Rheuma mit ähnlich schlechter Perspektive wie bei MS oder Parkinson“, hatte er erzählt. Außerdem würde bei ihm die Wirbelsäule zusammenwachsen und früher oder später könne er nur noch zur Erde sehen. Nach ein paar Monaten sei er aufgewacht und habe wieder sehen können. „Jeden Morgen, an dem ich meine Augen aufschlage und sehen kann, ist mein Herz voller Freude“, hatte er mit einem Strahlen im Gesicht gesagt. „Meine Krankheit ist für mich dann ohne Bedeutung.“

Ich kam mir armselig vor, meine Lebenseinstellung banal. Ich beneidete diesen Mann. Mein Herz machte keinen morgendlichen Freudensprung. Ich wachte nicht einmal richtig auf. Und wenn ich endlich wach war, war ich unzufrieden. Über die Stoßdämpferhöhe meines Autos oder die Langeweile beim Zähneputzen. Ich hatte schon vergessen, wie sehr ich mich nach meinem Bandscheibenvorfall danach gesehnt hatte, schmerzfrei und ohne Hilfsmittel von einem Stuhl aufstehen zu können. Kaum konnte ich wieder halbwegs beschwerdefrei laufen, vernachlässigte ich meine Rückenübungen und steckte bis über den Kopf in Alltag und Arbeit. Keine Blume, kein Vögelchen, nichts von all dem Schönen um mich herum sah ich.

Ich fuhr zum Zahnarzt und regte mich über das gestrige Fernsehprogramm auf. Jedes Jahr zu Ostern läuft Ben Hur. Das kann ich schon synchron mitsprechen. Quintus Arrius hatte die mazedonischen Piraten besiegt und wurde mit einem Triumphzug geehrt. Hinter ihm, auf seinem Triumphwagen, hielt ein Mann den Lorbeerkranz über seinen Kopf und sagte beständig: „Memento mori. Bedenke, dass du sterblich bist." „So einen Typen brauche ich auch", murmelte ich vor mich hin. „Am besten einen, der mir jedes Mal in den Hintern tritt, wenn ich vergesse, wie gut es mir geht."

Dann kam mir wieder der alte Mann auf der Parkbank in den Sinn. Völlig unvermittelt hatte er sich mir zugewandt und mit geschlossenen Augen zu mir gesprochen. Er hatte irgendetwas von Aura, Rot, Blau und Grün gemurmelt und dass es mir gut ginge. Das sah ich ganz anders. „Jeder sucht sich sein Leben aus", sagte er, nachdem er die Augen wieder geöffnet hatte. „Vor deiner Geburt hast du dir von allen möglichen Leben genau dieses ausgesucht.“ Seine warme Stimme und sein wohlwollender Blick hatten einen Einwand unmöglich gemacht.

Einerseits glaubte ich natürlich nicht an solchen Hokuspokus. Andererseits erschien mir die Idee nicht völlig abwegig. Wollte ich jemand anderes sein? Klar, ich würde gern so gut Tennis spielen wie Boris Becker vor zwanzig Jahren. Aber wollte ich Boris Becker sein? Wollte ich mich dafür aufgeben? Mich selbst? Nein. Ich wollte kein anderer sein. Ich wollte mit keinem tauschen. So gesehen könnte der Alte doch recht gehabt haben. Ich hatte mir für mich das beste Leben ausgesucht. Wie belastbar diese Theorie war, sollte sich noch herausstellen.

Auf heißen Sohlen

Unsere Mutter wurde siebenundsechzig Jahre alt. Das wurde gefeiert. Mama und ihre vier Jungs auf Malle in einem extravaganten Hotel. Das Wetter war fantastisch und wir quatschten am Pool über Gott und die Welt. Meine Füße baumelten den ganzen Tag in diesem herrlich kalten Wasser. Nur so konnte ich es aushalten. Sie brannten nämlich wie Feuer. Als wir wieder zu Hause waren, nötigten meine nichtsnutzigen Brüder mich zu einem Arztbesuch. Mein Pool-Verhalten sei sozial auffällig, meinten sie.

„Burning feet", meinte mein Sportarzt. Niemand wusste, woher das kam. Meine Füße brannten mal mehr, mal weniger. Außerdem hatte ich manchmal ein leichtes Taubheitsgefühl in beiden Beinen. Irgendwie passt das zum Bandscheibenvorfall, dachte ich. Steht auch so im Internet. Vielleicht ist ein Nerv gereizt oder entzündet.

Also ging ich zum Spezialisten. Wieder kam ich in die Röhre, und zwar vom Kopf bis zur Brustwirbelsäule. Da stand ich nun aufgeschichtet in unzähligen Scheiben. Der Arzt schaute sich die Bilder an und war sich sicher: „Da ist nichts eingeklemmt.“ Mein Bandscheibenvorfall war also nicht schuld an meiner Taubheit in den Beinen.

Dann passierte etwas Merkwürdiges. Das heißt, so merkwürdig war es gar nicht, denn ich war schon immer etwas hypochondrisch veranlagt. Wenn bei mir eine Haarwurzel juckte, dachte ich gleich an einen Hirntumor. Ich schaute also auf die Bilder und sagte zum Arzt: „Ich habe MS, oder?“

Der Arzt schaute mich mit großen Augen an und fragte, wie ich darauf käme. „Wenn Sie MS hätten, würde man in Ihrem Schädel und Rückenmark weiße Flecken sehen. Sehen Sie weiße Flecken?“ Ich sah keine weißen Flecken. Nicht den Schatten eines weißen Fleckes. „Da machen Sie sich mal keine Sorgen. Aber ich schreibe Ihnen eine Überweisung. Sie sollten sich auf jeden Fall neurologisch untersuchen lassen."

Das hörte sich alles sehr beunruhigend an. Burning feet, und keiner wusste warum. Ich sollte mir keine Sorgen machen, aber mich in der Neurologie untersuchen lassen. Als hätte ich nichts Besseres zu tun.

Als Privatpatient bekam ich zügig einen Termin in der Neurologie. Das hieß aber nicht, dass man mich persönlich begrüßte. Gleich am Eingang wurde ich schon mal in die richtige Stimmung versetzt. Wie im Supermarkt die Einkaufswagen, so standen dort die Rollstühle in einer Schlange aneinandergereiht. Natürlich musste man auch hier einen Euro einwerfen, um sich einen Rollstuhl zu organisieren. Ich merkte, wie ich mich gerader streckte. „Brust raus, Kopf hoch!", hat meine Mutter immer gesagt. So lief ich an der Rollstuhlschlange entlang und bewies der Welt, dass ich diese Dinger nicht brauchte. Aber der Weg zur Neurologie war weit und meine Beine wurden bleischwer. Ich fing an, meine anfänglich heroische Haltung zu bedauern.

Endlich angekommen, wurde ich von einer Schwester ins Zimmer gebracht. Da lag ich nun und wartete. Die Schwester kam wieder herein. Diesmal mit einem großen Tablett voller Utensilien, unter anderem einige Spritzen. Mit dem dezenten Hinweis, dass ich jetzt eine Lumbalpunktion bekäme, verließ sie mich wieder.

Ich lag also in dem Zimmer und versuchte mir vorzustellen, was eine Lumbalpunktion ist. Schnell das Handy raus und kurz googeln. Ich hatte feuchte Hände. Leider hatte ich, wie in den meisten Krankenhäusern, kein Netz. Die Ungewissheit hatte etwas Schleichendes. Sie setzte sich in meinen Gedanken fest und brütete dort unentwegt mögliche Horrorszenarien aus, die weder eintreten noch irgendetwas mit der Realität zu tun haben mussten, aber meine ganze Aufmerksamkeit verschlangen.

Die Schwester kam noch einmal vorbei, um irgendwelche Dinge zu ordnen. Ich fragte sie, ob eine Lumbalpunktion wehtäte. „Das kommt darauf an", sagte sie. „Wenn es der Chef macht, geht es, ansonsten kann es schon sehr unangenehm werden."

Ich wusste aus dem Vorgespräch mit dem Arzt, dass eine Untersuchung des Hirnwassers vorgesehen war. Eine kleine Panikattacke stellte sich ein. „Stecken Sie mir eine Nadel in den Kopf, um mir Hirnwasser abzuzapfen?", fragte ich weiter. Sie versuchte, mich zu beruhigen, erreichte bei mir aber das Gegenteil. „Nein, nein, das wird mit einer stumpfen Nadel aus dem Rückenmark entnommen." Ich wollte sofort abhauen. Doch in dem Moment kam der Arzt ins Zimmer und sagte mir, ich solle mich auf das Bett setzen und einen Buckel machen.

Spätestens jetzt hätte ich flüchten müssen, aber meine Erziehung ließ es nicht zu. „Wat mutt, dat mutt. Der Mensch hält viel mehr aus, als er denkt.“ All die Lebensweisheiten meines Vaters ließen mich ruhig sitzen und brav einen Buckel machen. Ich bekam die Lumbalpunktion à la Chef. Musste das sein? Ich möchte in meinem Leben nicht mehr wissen, wie unangenehm sich eine Lumbalpunktion anfühlt, wenn sie nicht vom Chef ausgeführt wird.

Das Schlimmste hast du hinter dir, dachte ich. Jetzt noch einmal kurz in die Röhre und dann ab nach Hause. Aber ich hatte die Rechnung ohne den Arzt gemacht. „Sie müssen jetzt vierundzwanzig Stunden flach liegen bleiben und dürfen sich nicht bewegen.“ Bevor ich wirklich protestieren konnte, war ich schon mit Bettpfanne und Urin-Ente ausgestattet.

Am nächsten Tag wurde ich nachmittags abgeholt. MRT war angesagt. Aber vorher stand ein Krisengespräch der Ärzte über die Vor- und

Nachteile von einer Kontrastmittelgabe an. Nachdem ich mein Einverständnis schriftlich gegeben hatte, ging es wieder in die Röhre. Einmal mit und einmal ohne Kontrastmittel.

Also erste Runde. Die alten Röhren waren laut und klapperten. Ich dachte an meine erste Freundin. Sie hatte man wegen neurologischer Störungen in eben genau diese Röhre geschoben. Diagnose Hirntumor. Nach einer Operation und zwölf Monaten war sie tot. Der Krebs hatte sie einfach geschafft. Wenn man solche Geschichten kennt, ist man ihnen in dieser Röhre schonungslos ausgeliefert. Wenn man keine dieser Geschichten kennt, denkt man sich eine solche zwangsläufig aus. Man erwartet einfach nichts Gutes, wenn man so weit gekommen ist.

In der zweiten Runde, diesmal mit Kontrastmittel, hatte ich mich dermaßen in die Geschichte meiner Freundin hineingesteigert, dass ich vor Nervosität keinen klaren Gedanken mehr fassen konnte.

Endlich stellte sich die Maschine in den Standby-Modus und ich wurde aus dem Loch gefahren. „Habe ich einen Hirntumor?“, war meine erste Frage an den Arzt. „Nun denken Sie mal positiv! Nein, Sie haben keinen Hirntumor.“ Ich konnte meine Erleichterung körperlich spüren. Es war, als wäre mir der sprichwörtliche Stein vom Herzen gefallen. Was sollte jetzt noch passieren? „Den Rest erklärt Ihnen Ihr Neurologe“, hörte ich den Arzt auf einmal sagen. Panik. Welchen Rest?, schoss es mir durch den Kopf. Für Fragen war aber keine Zeit. Der Arzt war schon weg. Mein Neurologe werde mich kontaktieren, hieß es von der Schwester.

Ich war jetzt allein zu Hause und nervös. Die Untersuchungen im Krankenhaus hatten mich sehr eingeschüchtert. Drei Tage später bekam ich tatsächlich den Anruf meines Neurologen.

Drei Tage können sehr lang sein, wenn man auf eine Diagnose wartet, die man nicht hören will. Er war wie immer sehr freundlich. Er erzählte mir, dass sich seine Vermutung bestätigt habe. Bislang hatte noch niemand mir gegenüber eine Vermutung geäußert. Ich wurde immer nervöser. Mein Herz schlug schneller. Ich solle mir aber keine Sorgen machen. Das hört sich nicht gut an, dachte ich noch – und da kam es auch schon: „Sie haben Multiple Sklerose." Nach diesen Worten war ich wie in einem leeren Raum. Die Welt war still. Ich fühlte, wie das Blut aus meinen Wangen wich. Ich wollte etwas sagen, konnte aber nicht. „Allerdings in einer so harmlosen Form, dass es nicht nötig ist, sie zu behandeln. Wenn es schlimmer wird, rufen Sie mich an", sagte er abschließend. Ich murmelte irgendetwas wie „Ja".

Man sollte Ärzten ein psychologisches Gesprächstraining aufzwingen, dachte ich. Meine eigene Wut überraschte mich. Was hätte der arme Kerl sagen sollen? Das machte er jeden Tag. Auch keine tolle Erfahrung.

Ich versuchte, mich zu beruhigen. Aber es ging nicht. Mich umschlich ein Gefühl von Ungerechtigkeit und Angst. Langsam fing ich an zu realisieren, was der Arzt mir gerade mitgeteilt hatte. Meine Beine und Füße fühlten sich taub an. Wo sollte das hinführen? Ich zog die Schuhe aus und lief barfuß über den nassen Rasen. Ich wollte wissen, ob ich die Feuchtigkeit spürte. Ich bildete mir ein, noch sehr viel zu fühlen. Oder doch nicht? Log ich mich selbst gerade an? Immer mehr begann ich zu verstehen, dass dies ein Wendepunkt in meinem Leben war. Eigentlich fühlte es sich bereits an, wie das Ende meines Lebens.

Als meine Freundin nach Hause kam, wusste sie sofort, dass etwas passiert war. Ich erzählte ihr, dass der Arzt mir gerade meine schlimmsten Albträume bestätigt hatte. Sie tröstete mich, so gut sie konnte. „Wir stehen das gemeinsam durch.“

Es war schön, sich nicht ganz allein zu fühlen, aber wirklichen Trost konnte ich nicht empfinden. Ich hatte mir früher auch schon mal Sorgen gemacht. Aber diese Sorgen hier waren anders. Sie gingen nicht mehr weg. Sie lösten kein Problem. Ganz im Gegenteil. Sie wurden Teil meines Problems. In meinem Kopf sprang ich von Sorge zu Sorge. Was sollte aus meiner Beziehung werden? Wie würde ich im Beruf klarkommen? Fragen türmten sich in meinem Kopf auf und wurden schließlich zu Katastrophen. Ich fühlte mich überfordert und hilflos.

Das Wort Stress bekam eine neue Dimension. Er war da. Immer und allgegenwärtig. Tag und Nacht. Und wenn ich dann nicht schlafen konnte, surfte ich im Internet. Auch das war keine beruhigende Beschäftigung. Aber ich wollte ja wissen, was mich erwartete. Da stand es: „Die Krankheit der tausend Gesichter.“ Die tröstenden Worte im Internet trösteten nicht. Dafür zogen mich die Krankheitsgeschichten um so mehr herunter, die viele Kranke im Internet veröffentlichten, weil sie selbst völlig vereinsamt und Hilfe suchend waren. Es war wie im alltäglichen Leben. Keiner rannte zum Nachbarn, um ihm zu erzählen, dass es ihm gut ging. Nur mit den Sorgen ging man hausieren.

Einen interessanten Eintrag fand ich unter der Abkürzung DALY. Sie steht für disability-adjusted life years. Ich würde den Begriff übersetzen mit „behinderungsbereinigte Lebensjahre“. Die wurden mit einem Behinderungsindex errechnet, indem man seine Lebensqualität mit einem negativen MS-Koeffizienten multiplizierte. Auf die gleiche Weise wurden auch die Jahre berechnet, um die sich das eigene Leben statistisch gesehen verkürzte.

Die Weltbank hatte sich dieses Konzept ausgedacht, um die wirtschaftliche Belastung durch Kranke zu ermitteln. Daly war also eine Maßzahl für die Belastung der Gesellschaft durch kranke Menschen. Chronisch Kranke belasten die Gesellschaft natürlich unverhältnismäßig hoch, da einerseits ihre vollständige Heilung meist nicht möglich ist, sie aber andererseits auch nicht an ihrer Krankheit sterben.

Ziel von Daly ist es, die Zahl der glücklichen Menschen in einer Gesellschaft zu maximieren. Um das zu gewährleisten, soll auf die Heilung kranker Menschen verzichtet werden, wenn deren Heilung die Gemeinschaft zu viel kostet. Auf diese Weise wäre das Maximum an glücklichen Menschen in einer Gesellschaft erreicht, laut Daly.

Die Idee hinter Daly ist reiner Zynismus. Aber ich würde diesen Vollidioten schon zeigen, dass ich auf sie nicht angewiesen war. Ich bin behindert, schoss es mir sofort durch den Kopf. Klar war ich behindert. Ich hatte sogar einen Behindertenausweis bekommen. Den zeigte ich natürlich nirgendwo. Nicht für die paar Kröten, die ich bei der S-Bahn sparte. Ich war krank. Aber ich konnte mit jedem Gesunden mithalten. Von wegen behindert, sagte ich mir, ich bin nicht auf das Wohlwollen und die Willkür der Gemeinschaft angewiesen.

Ich empfand diesen Gedanken als demütigend. Ich sollte darauf angewiesen sein, dass andere die Tasche aufmachten, damit ich nicht an dieser Krankheit zugrunde ging. Nein, ich konnte für mich selbst sorgen. Ich hatte das nicht nötig. Das wollte und musste ich mir nicht sagen lassen. Ich brauchte keine Almosen.

Ich konnte mich kaum noch auf mein alltägliches Leben konzentrieren, und meine Stimmung verdunkelte sich mit jedem Tag mehr. Ich konnte nicht mehr schlafen. Das schlimmste an der Schlaflosigkeit war, dass ich nie richtig wach war. Ich lebte wie in einem Wattebausch. Alles war dumpf. Dafür lagen die Nerven wie blanke Starkstromkabel in der Gegend herum. Ich wurde gereizt, nervös und angespannt. Langsam, aber unaufhaltsam fiel ich in ein ganz tiefes schwarzes Loch. Meine Traurigkeit und Enttäuschung über mein Leben steigerten sich ins Unermessliche. Heute weiß ich, dass ich auf dem besten Wege in eine Depression war. Ich dachte an Selbstmord. Interessanterweise zu einer Zeit, in der es mir objektiv gar nicht so schlecht ging. Aber meine Gedanken rissen mich immer tiefer nach unten. Ich konnte mich nicht vor mir selbst schützen. Ich konnte die Sorgenmaschine nicht anhalten.

Atemlos

Wie gesagt, mir ging es eigentlich gut. Aus heutiger Sicht. Ich dachte damals, ich wäre schon am Ende. Dabei war es nur der Anfang. Es kam schlimmer, als ich es mir vorstellen konnte.

Ich bekam einen Schub. Die leichten Taubheitsgefühle wurden zu Taubheiten. Unterhalb der Gürtellinie traten Probleme auf. „Wenn es schlimmer wird, kommen Sie vorbei“, hatte der Arzt gesagt. Also ab ins Krankenhaus. Ich sah Leute in Rollstühlen, die lachten. Ich kannte diese Welt nicht und sie war mir völlig unbegreiflich. Ich wollte mich wahrscheinlich auch gar nicht mit dieser Welt befassen. Ich wollte nur eine MRT und wieder nach Hause.

Die Untersuchung ergab keinen Befund. In meinem Kopf waren keinerlei Anzeichen einer Entzündung zu sehen. Gott sei Dank, dachte ich. Es muss etwas anderes sein. Hauptsache, die MS verhält sich ruhig.

Der Arzt wollte sicherheitshalber noch eine MRT von der Hals- und Brustwirbelsäule machen. Also kam ich noch einmal in die Röhre. Bingo. Mein Herz schlug bis zum Hals. In Höhe der Brustwirbel war eine riesige Kontrastaufnahme zu sehen. Der Arzt war sehr zurückhaltend. Er wollte die Aufnahme erst mit seinen Kollegen besprechen. Er glaubte nicht an eine Entzündung. „Bei einer Entzündung dieser Größe dürften Sie nicht mehr gehen können", meinte er. Mir fuhr ein Angstschauer durch die Glieder. Denn ich fühlte mich nicht sehr weit weg von dem Gefühl, nicht mehr gehen zu können. Meine Beine waren schwer, steif und gefühllos, wie in Wolldecken eingewickelt. Alle Wege waren unendlich weit.

Ich wurde wieder in mein Zimmer geschickt. Für Stunden lag ich dort und wartete auf eine Antwort. Da kamen sie wieder, meine Sorgen,mächtiger als zuvor. Das Leben ist unsicher, und zwar von Geburt an. Mit nichts hätte ich so gut umgehen können müssen wie mit dieser intuitiven Erkenntnis eines jeden Menschen, und doch kam ich damit nicht zurecht. „Mach dir keine Sorgen über ungelegte Eier“, sagte mein Bruder immer. Der machte sich das Leben leicht. „Das, worüber du dir Sorgen machen müsstest, kommt sowieso ganz unverhofft um die Ecke.“

Den Nachsatz hätte ich nicht gebraucht. Alles konnte passieren. Blindheit, Taubheit, Rollstuhl, oder auch alles zusammen. Ich konstruierte alle möglichen Szenarien. Sie waren fiktiv. Wenn sie Realität werden würden, hätte ich keine andere Möglichkeit, als mich damit abzufinden. Meine sogenannten Sorgen erledigten sich auf die eine oder andere Weise meist von selbst. Sorgen sind Illusionen, die wie die meisten Illusionen nichts mit dem Leben zu tun haben. Sorgen sind Fantasiegebilde, sagte ich mir. Sie zerplatzen wie Seifenblasen.

Aber ich konnte mich mit diesen akrobatischen Gedankenübungen nicht trösten und auch nicht selbst überlisten. Meine Sorgen waren keine schillernden Seifenblasen. Auf mich wurde scharf geschossen. Die MS traf mich ohne Warnung, wann, wo und wie sie wollte. Völlig willkürlich. Ohne Maß. Ich war ihr ausgeliefert.

Ich sprach immer von der MS, nie von meiner MS, so als wenn sie nicht zu mir gehören würde. Sie war aber ein Teil von mir. Sie hatte mich selbst zu meinem größten Feind gemacht. Mein Körper zerstörte sich selbst und meine Gefühle trieben unaufhaltsam in eine selbstzerstörerische Depression. Ich hatte nur noch Angst. Mein Herz schlug schneller, meine Hände schwitzten und ich bekam keine Luft mehr. Meine Angst schwebte wie eine dunkle Wolke im Kopf herum und kroch in jede Ritze meines Denkens. Ich konnte ihr so wenig entfliehen, wie ich vor mir selbst weglaufen konnte.

Endlich kamen die Ärzte ins Zimmer. Wenn sie zu mehreren kamen, war das immer ein schlechtes Zeichen. Die Kontrastaufnahme zeigte natürlich eine Entzündung. Kein Arzt an meinem Bett konnte verstehen, dass ich noch laufen konnte und meine Funktionen unterhalb der Gürtellinie noch intakt waren. Interessanter Fall! Es folgten zahllose Untersuchungen. Am Ende stand ein Therapievorschlag. Intensive Kortisonbehandlung, um die Entzündung im Keim zu ersticken. „Im Keim." Das Ding war so groß wie ein Fußball! Ich war als nicht behandlungsbedürftig nach Hause geschickt worden, und jetzt war es zu spät. Wenn er mich sofort behandelt hätte, wäre die Entzündung vielleicht gar nicht entstanden. Aber das sprach natürlich keiner aus. Ich auch nicht. Ich wollte nur noch die Entzündung aus meinem Körper herausbaben. Vorwürfe bringen mich nicht weiter, dachte ich.

Man erklärte mir außerdem, dass ich einen bleibenden Schaden behalten würde. Welchen, konnte man natürlich nicht sagen. Da hatte ich wenigstens etwas, woran ich mich halten konnte.

Zehn Tage Kortisonbehandlung im Krankenhaus. Ich hatte schon immer Krankenhäuser gemieden. Mein Vater meinte, Krankenhäuser machten krank, und ich glaubte ihm. Ich aß von dem Krankenhausessen nur so viel, wie zum Überleben notwendig war. Das Essen war eigentlich gar nicht schlecht, aber mich störte die Vorstellung von Krankheit, Keimen und Katheter.

Regelmäßig kam mein Arzt vorbei. Er war Neurologe und Psychologe. Bei jedem Besuch erklärte er mir die positive Seite von MS. Viele Patienten würden viel bewusster leben.

Ich konnte meine Wut dann kaum noch kontrollieren. Erst erzählte er mir etwas von einer nicht behandlungsbedürftigen MS und schlich dann um mich herum, um mir die Vorteile einer MS zu verkaufen. Ich würde mein Leben bewusster leben als gesunde Menschen. Viel intensiver. Ich war wütend. Er verteilte in der Klinik tagsüber flotte Sprüche und ging abends zu seiner Familie nach Hause. Essen, trinken, Gutenachtgeschichten, lieben und lachen. Ich würde gern wieder weniger intensiv leben, statt die Vorteile einer MS zu genießen. Er wollte mir etwas Wichtiges und vielleicht auch Tröstliches sagen, aber das Timing seiner Botschaft stimmte nicht. Ich hätte ihn am liebsten hinausgeschmissen. Früher hätte ich das auch gemacht. Aber ich hatte keine Angriffslust mehr. Ich spürte, dass ich meine Kraft nicht mehr an die Außenwelt vergeuden wollte. Der Arzt war unwichtig.

Es ging um mich. Aber wer bin ich eigentlich?, fragte ich mich, als ich wieder allein in meinem

Zimmer lag. Ich spürte mich. Aber nicht so wie sonst. Von den Füßen aufwärts bis zur Brust war mein Körper taub und filzig. Wie hoch würde es noch gehen? Ich war ein sportlicher Typ mit passablen Oberarmen und jetzt froh, dass ich allein auf die Toilette gehen konnte. Und auch dort war nichts mehr, wie es war. Das, was man vornehm als Stoffwechselaktivität umschreibt, und die dazu notwendigen Organe fühlten sich fremd an. Vor allem die hängenden Organe. Ich erinnerte mich an Bob Marley. Nicht weit von hier hatte er die letzten Tage seines Lebens in einer Krebsklinik verbracht. Als er sich dort im Spiegel sah, soll er gesagt haben: „Das bin ich nicht." Ich fing an, bitterlich zu weinen.

Als ich mich wieder beruhigt hatte, legte ich mich ins Bett und wartete darauf, dass das Kortison seine Wirkung entfaltete und ich wieder so werden würde wie früher. Stark und unzerstörbar. Ich schämte mich auf einmal für das, was ich war. Scham war für mich immer ein Fremdwort gewesen. Schuld kannte ich, die kam von innen. Bei ihr konnte ich vor mir selbst nicht bestehen, weil ich etwas falsch gemacht hatte. Aber Scham kam von außen. Sie betraf die Erwartungen, die ich anderen Menschen in Bezug auf mich unterstellte. Ich hatte nicht den Mut herauszufinden, ob ich mit meinen Unterstellungen richtig lag, ob man mich wirklich diskriminieren würde, wenn ich mich als MS-Kranker zu erkennen gab.

Wohl auch deshalb hielt ich mich von den anderen Patienten fern. Ich kapselte mich ab. Ich hatte genug mit mir selbst zu tun. Vielleicht hätte ich bei dem einen oder anderen Patienten das Gespräch suchen sollen, vielleicht hätte es mir geholfen, aber ich konnte nicht. Ich wollte auch keinen Besuch. Auch nicht von meiner Freundin. Ich konnte sie nicht davon abhalten, aber es war mir unangenehm. Ich wollte nicht, dass sie mich so sah.

Schließlich wurde ich aus dem Krankenhaus entlassen. Die Entlassung war keine gute

Nachricht für mich. Plötzlich war ich wieder mit meinem früheren Leben konfrontiert. Alle Freunde versuchten, mich zu trösten. Aber ich hatte das Gefühl, dass ich damit allein fertigwerden musste. Eigentlich war es für sie nicht möglich, mir in meiner damaligen seelischen Verfassung irgendetwas recht zu machen. Ich war in einen dunklen Spalt gerutscht und für andere Menschen nicht mehr erreichbar.

Das Kortison verhinderte eine Verschlimmerung meiner Beschwerden. Dafür stieg durch die Kortisonbehandlung meine Magensäure bis zum Hals. Ich konnte nur noch im Sitzen schlafen. Natürlich bekam man auch dagegen ein Medikament, aber es half nicht wirklich. Nachts saß ich also im Bett. Mit meiner Magensäure konnte ich gurgeln. Ich spürte meine Beine nicht mehr und wusste nie mit Bestimmtheit, ob ich zur Toilette musste.

In solchen Nächten dachte ich wehmütig an die einfachen Dinge des Lebens. Barfuß gehen oder einfach einschlafen. Ereignisse, die früher belanglos an mir vorbeigeplätschert waren, bekamen jetzt eine sehnsuchtsvolle Bedeutung. Erst als sie unwiederbringlich verloren schienen, bemerkte ich ihre begehrenswerte Schönheit.

Ich fühlte mich nutzlos, als eine Last für andere und ganz unten in der Gesellschaft angekommen. Da war es wieder. Ich schämte mich. Ich hatte nichts falsch gemacht. Ich hatte mir nichts zuschulden kommen lassen. Aber ich schämte mich. Wer hatte mir dieses Gefühl eingepflanzt? Warum empfand ich den Verlust meiner Leistungsfähigkeit als Ehrverlust? Was war denn mit Aufrichtigkeit, Verantwortung, Nachsicht, Großzügigkeit und Fürsorge? Das war ich doch auch. „Meistens und in Maßen“, würden meine Brüder jetzt sagen. Aber die können Sie nicht ernst nehmen. Warum war ich in meinen eigenen Augen minderwertig geworden?

Mir wurde klar, dass ich mich nur über meine Außenwelt definierte. Ich war so viel, wie meine Leistungsfähigkeit in der Gesellschaft zählte. „Du bist zum Arbeiten geboren wie der Vogel zum Fliegen.“ Ich bin kein Psychologe, aber ich denke, aus der Spruchsammlung meines Vaters ist doch etwas hängen geblieben.

Nach einiger Zeit zeigte das Kortison doch noch Wirkung und meine körperlichen Beschwerden gingen langsam zurück. Ich fasste wieder neuen Mut. Ich wusste aber auch, dass ich noch nicht aus meinem psychischen Loch herausgefunden hatte. Ich hatte noch keine innere Einstellung zu meinem veränderten Leben gefunden.

Es war nicht die Veränderung selbst, die mir zu schaffen machte. Damit hatte ich jeden Tag zu tun. In die meisten Veränderungen wuchs ich langsam hinein oder bestimmte ihren Zeitpunkt selbst. Wenn ich mich ihnen gewachsen fühlte oder eine innere Neigung dazu verspürte. Es war die Ohnmacht, die alles so schlimm machte. Ich hatte keine Kontrolle über das, was auf mich zukam. Ich konnte die neue Situation nicht beurteilen und war ihr ausgeliefert. Außerdem änderte sie sich ständig. Gegen meinen Willen und ohne absehbares Ende. Diese Veränderungen machten mir Angst, und diese Angst führte dazu, mich noch fester an mein altes Leben zu klammern.

Mein vertrautes Leben zerstörte meine Gesundheit, es zeigte mir deutlich, dass ich nicht mehr der war, der ich unbedingt sein wollte. Ein aussichtsloser Kampf begann. Ich wurde unsicher, unzufrieden und ängstlich.

Mein schlimmster Feind war das Wort „wenn". Sätze, die damit anfingen, vergifteten mein Leben. Wenn, wenn, wenn! Und wenn nicht? Mein ganzes Leben war schon immer im Wenn-Modus abgelaufen: „Wenn ich die Englischarbeit nicht schaffe.“ Dieser Gedanke hatte mich schon als kleiner Junge achtlos durch den schönsten Sommermorgen gehen lassen. Ich konnte ihn nicht mehr sehen, weil dieses „Wenn“ mir die Aussicht versperrte. Es zog mich weg vom Leben. Ich vergaß, auf mich zu achten.

Erst viel später wurde mir klar, dass ich es mir in meinem Wenn-Modus bequem gemacht hatte. Ich fragte nicht, was ich tun konnte, damit ich nicht durch den Englischtest fiel. Das wäre eine legitime Frage gewesen. Aber sie hätte unangenehme Konsequenzen gehabt.

Mit Daly ging es mir nicht anders. Ich hatte meiner MS tatsächlich einen Namen gegeben. Wahrscheinlich, weil ich sie dann als jemand anderen ansehen und ihr einfacher die Schuld zuweisen konnte. Daly schlägt zu oder auch nicht. Aus dem Nichts. Und ich kann nichts dagegen tun, redete ich mir ein.

Mit dieser Ausrede konnte ich weitermachen wie bisher. Natürlich wusste ich, dass die Aufrechterhaltung meiner Fassade als erfolgreicher Aufsteiger für meine Gesundheit Gift war. Sie absorbierte all die Energie, die ich für meine Erholung brauchte. Aber ich brachte es nicht übers Herz, mir das einzugestehen.

Ich musste unbedingt an meiner Einstellung arbeiten. Wenn ich noch einen Schub ins Rückenmark bekomme, sagte ich mir, dann sitze ich im Rollstuhl. Das Leben ist nicht so kompliziert. Ich mache es kompliziert. Solange ich keinen Schub ins Rückenmark bekomme, werde ich wie ein junges Fohlen über die Wiese tollen. Das war mein Vorsatz. „Ich habe keinen Schub", wiederholte ich immer und immer wieder. Beim Autofahren, beim Zähneputzen und vor allem nachts.

Irgendwie musste ich mit meinem neuen MS-Leben umgehen lernen. Ohne dass ich gezielt darüber nachdachte, erinnerte ich mich an meinen ersten Computer. In einem zeremoniellen Akt hatte ich ihn eingeschaltet und mich nicht getraut, irgendeine Einstellung vorzunehmen, geschweige denn, etwas abzuspeichern. „Wer weiß, was dann passiert?“, flüsterte ich. Aber so konnte man nicht arbeiten. Ich kaufte mir also ein Handbuch, drückte Format C und löschte den ganzen Computer, um ihn dann selbst wieder neu zu konfigurieren. Nach dieser Übung hatte ich keine Angst mehr, etwas falsch zu machen.

Ich nehme an, Sie fragen sich jetzt, was mein Computer mit meiner Krankheit zu tun hat. Ich hatte für mich eine radikale Lösung gefunden. Respektlos und angstfrei hatte ich den Umgang mit dem Computer in den Griff bekommen. Eine ähnlich radikale Lösung wollte ich auch für mein Leben mit MS. Respektlos und angstfrei. Das war es. Auf einmal war mir klar, dass ich mir keine Sorgen mehr machen würde. Solange das Leben für mich lebenswert ist, werde ich es genießen, so gut es geht. Sollte es eines Tages nicht mehr lebenswert sein, werde ich es freiwillig beenden. Für mich war das eine perfekte neue Lebensphilosophie.

Wie fast jeden Abend saß ich vor dem Fernseher und schaltete von einem Programm zum anderen, um die Werbeblöcke zu verkürzen. „Der letzte Samurai“ lief in irgendeinem Programm. Ich hatte ihn schon drei Mal gesehen. Tolle Kampfszenen. Aber dieses Mal sah ich den Film anders. Tom Cruise war gerade von dem heldenhaften Samurai Watanabe gefangen genommen worden. Im ersten Gespräch zwischen den beiden erklärte Watanabe den Ehrenkodex der Samurai, den „Weg des Kriegers“. Die Samurai nennen ihn „Buschido“. „Das Leben steckt in jedem Atemzug“, erklärte Watanabe.

Ich hörte auf zu schalten. Mir fielen zum ersten Mal die weiten Landschaften auf. Die Ruhe, die sie ausstrahlten. Das Streben der Menschen nach Vollkommenheit in den kleinsten Dingen.

Sie versuchten, den Moment festzuhalten. Als es dann zum Showdown kam, fragte der Samurai, ob der Mensch sein Schicksal selbst bestimmen könne. Dann kam die Antwort, die für mich bestimmt war: „Ich glaube, der Mensch kämpft so lange, bis sich ihm sein Schicksal offenbart." Genau das war es. So sah ich mich und meine Situation. Ich würde weitermachen, bis sich mein Schicksal erfüllte. Bis meine Krankheit mein Leben nicht mehr lebenswert erscheinen ließ oder vielleicht vernichtete. Aber bis dahin blieb ich der, der ich war. Der Pessimismus erschien mir als eine einzige Verlogenheit. Solange man nicht aus dem Fenster sprang, war man ein hoffnungsloser Optimist und sollte auch so leben.

Es ist erstaunlich, dachte ich, dass man erst so krank werden muss, um zu dieser Einstellung zu gelangen. Das hätte ich mir auch schon sagen können, als ich gesund war. Mein Leben nach meinen Vorstellungen zu leben, bis es nicht mehr lebenswert ist. Zu meinem selbstbestimmten Leben gehört auch mein selbstbestimmter Tod.

Seit dieser Entscheidung ging es mir mental wesentlich besser. Ich erkannte, dass ich niemals vor mich hinvegetieren würde, weil ich immer eine Alternative hatte. Diese Vorstellung gab mir Kraft. Von dem Zeitpunkt an war ich nicht mehr lebensmüde.

Plötzlich erschien der Umgang mit meiner Umwelt leichter. Meine Familie und Freunde sahen in mir wieder einen lebenslustigen Typen, der trotz seiner Krankheit seinen Humor nicht wirklich verloren hatte. Mein Kampf gegen die Krankheit fand im Kopf statt und ich hatte instinktiv meine ganz persönliche Lösung gefunden. Ich hatte ein Problem. Ich hatte eine Lösung. Ich war wieder der Macher. Und hatte nichts begriffen.

Mit mir ging es langsam bergauf. Besser gesagt, ich hatte mich an einige Einschränkungen gewöhnt und manche Schmerzen ertragen gelernt. Ich ging wieder regelmäßig zum Sport und engagierte mich beruflich mit dem mir eigenen Ehrgeiz. Meine Krankheit verschwieg ich überall. Ich war auf dem Weg in die Führungsriege und hatte nicht vor, schlappzumachen oder mich ausbremsen zu lassen. Man musste wieder mit mir rechnen. Zur rechten Zeit, wie sich herausstellen sollte. Denn es wurde ein Bereichsleiter in der Unternehmenszentrale gesucht. Ich bewarb mich und wurde zum Vorstellungsgespräch geladen. Alles klappte wie am Schnürchen. Zugedröhnt mit Medikamenten machte ich alle verlangten Tests und bekam die Stelle. Ein Jahr Probezeit lag vor mir. Außer mir hatte keiner Zweifel, dass ich dieses Probejahr meistern würde.

Ich ging also in die Zentrale als Bereichsleiter. Ich trug jetzt einen Anzug, hatte mehr Verantwortung, mehr Einfluss und mehr Geld. Meine Freundin wurde trotz meiner Krankheit meine Frau. Alles lief prima. Hier und da bekam ich kleinere Schübe, die ich aber schnell mit Kortison in den Griff bekam. Alle zwei Tage musste ich mir Betaferon spritzen. „Mit Entschlossenheit“, meinte der Arzt. Ohne Entschlossenheit ist kein Kampf zu gewinnen. Das wusste ich auch. Aber das Zeug war lästig. Erstens, weil man es immer in einer Kühlkette transportieren musste, und zweitens, weil ich von den Einstichen roten Ausschlag bekam und bald aussah wie ein Streuselkuchen.

An Entschlossenheit mangelte es nicht. Doch der Schub, der mich umhauen sollte, kam trotzdem. Mein Taubheitsgefühl stieg von den Füßen bis zum Oberkörper, wie beim ersten Mal. Ich fühlte meine Beine nicht mehr. Ich setzte mich in den Sessel und hatte das Gefühl, auf einem Holzkeil zu sitzen. Als ich an mir herunterschaute, sah ich, wie ich mir, ohne es zu merken, in die Hose machte. Meine Oberschenkel fühlten sich an, als ob mir jemand die Haut abgezogen hätte. Ich fühlte, wie die Wunde, die mir mein beschädigtes

Nervensystem vorgaukelte, stark nässte. Immer wieder zog ich mir die Hose herunter, weil ich nicht glauben konnte, dass dort nichts war. Es war grausam. Alle Erinnerungen an meinen Krankenhausaufenthalt waren sofort wieder da.

Ich bekam die altbewährte Kortisonbehandlung. Magensäure bis zum Stehkragen und Tabletten dagegen. Als Zugabe Tabletten gegen meine Inkontinenz. Aber es gab noch eine Überraschung. „Erektile Dysfunktion“ nennen das die Ärzte. Mein bestes Stück stellte sich tot, sobald man es berührte. Meine Frau war sehr verständnisvoll. Ich weniger. Im Ergebnis hatten wir die letzten Jahre unserer Ehe keinen Sex mehr. Wir hätten es sicherlich zwischendurch versuchen können, aber wir taten es nicht.

Ich erholte mich langsam von diesem Schub. Mein Doppelleben führte ich natürlich weiter. Ich war innerlich ausgehöhlt und völlig fertig. Aber nach außen habe ich den jungen, dynamischen und erfolgreichen Mitarbeiter raushängen lassen. Niemand von meinen Kollegen wusste von meiner Krankheit, und das sollte auch so bleiben.

Ich bekam immer häufiger Schübe. Ich hatte das Gefühl, mit Sand in den Schuhen zu laufen. Hinzu kamen ständig schmerzhafte Flecken auf den Armen, Schultern oder der Brust. Man konnte sie nicht sehen, weil sie tatsächlich nur im Kopf waren. Alles spielte sich im Kopf ab. Die Schübe waren für meine Verhältnisse nicht dramatisch, mussten aber behandelt werden.

Wozu hatte man schließlich Urlaub. Vor jedem Krankenhausaufenthalt reichte ich einen Urlaubsantrag ein. „Schon wieder Urlaub", lästerten die Kollegen. „Du hast aber auch immer Glück mit dem Wetter", meinten andere. Klar, ich hatte ein Abo im Sonnenstudio, damit ich aus meinem tollen Urlaub nicht mit einer Krankenhausblässe zur Arbeit kam.

Meine Schübe konzentrierten sich jetzt auf mein Gesicht, insbesondere meine Augen, den Mund und die Zunge. Wenn ich nicht mehr richtig schmecken konnte, wusste ich schon, dass ein neuer Schub in die Zunge bevorstand. Dann konnte ich manchmal kaum noch sprechen. Jeder dachte, ich sei betrunken. Also schloss ich mich während der Arbeit in meinem Büro ein und kommunizierte nur noch per E-Mail. Abends machte ich Sprachübungen: „Aaaa, Beee, Llllll." Wie geschickt sie gewesen war. Damals, als sie mit dem Inlay herumspielte. Ich war mir vorher gar nicht bewusst gewesen, was für ein Wunderwerk meine Zunge war.

Dann kam das, was wirklich keiner brauchte. Einen Schub im Stammhirn. Er traf meinen Gleichgewichtssinn. Ich konnte nicht mehr die Augen schließen, ohne umzufallen. Unter der Dusche drückte ich mich in die Ecke, wenn ich mir den Schaum aus dem Haar spülte. Ich wäre sonst umgekippt. Wenn ich lief oder eine Treppe steigen wollte, musste ich den Blick immer nach unten richten, um nicht hinzufallen. Autofahren konnte ich erstaunlicherweise noch. Aber nur mit dem Kopf im Nacken nach unten schauend. Nur so sah ich noch alles klar, ohne dass mir schwindelig wurde.

Dann kamen zwei beeindruckende Schübe in die Augen hinzu. Ich sah plötzlich Doppelbilder. Immer zwei identische Bilder, gestochen scharf nebeneinander. Jede Änderung der Blickrichtung war wie eine Achterbahnfahrt in meinem Kopf. Mir wurde ständig übel. Ich vertrug das einfach nicht.

Aber es gab ja Kortison. Doch das Zeug griff auf Dauer den Knochenbau an, also bekam ich als Nebenwirkung der Kortisontherapie eine Osteoporose. Dagegen gab es natürlich auch ein Mittel, aber besser fühlte man sich davon nicht. Manche Beschwerden blieben, wie etwa Sand in den Schuhen und Brandflecken auf der Schulter. Die Augen und die Zunge normalisierten sich hingegen ganz, ganz langsam.

Kopflos

Manchmal ist es gut, wenn man nicht weiß, was auf einen zukommt. Ich war vor vielen Jahren mit meinem Bruder auf einer Dschungeltour gewesen, oben, im Goldenen Dreieck, an der burmesischen Grenze. Unser Führer hatte sich verirrt. Giftige Raupen, handtellergroße Spinnen und Blutegel krochen an uns hoch, bis ins Gesicht.

Wenn uns einer auch nur einen Bruchteil von dem erzählt hätte, was wir erleben sollten, wären wir beide schön im Hotel geblieben. Heute würden wir auf keine Minute dieses Abenteuers verzichten wollen.

Wenn mir einer erzählt hätte, um wie viel schlechter es mir noch gehen würde, hätte ich mich sofort umgebracht. „Das Leben ist ein großartiges Geschenk", hatte der Geistliche im Krankenhaus gesagt. Stimmt. Aber das Beste daran war, dass man es nicht leben musste.

Das blieb meine Entscheidung. Aber ich lebe noch. Ich habe mich nicht umgebracht. Ich habe die große Krise, die jetzt kommen sollte, nicht übersprungen.

Im Internet hatte ich viel über persönliches „Krisenmanagement" gelesen. Das Wort war für mich ein Widerspruch in sich. Eine Krise, die sich managen ließ, war keine Krise. Aber sei es drum. Der Schlüssel zur Krisenbewältigung hieß bei allen Psychologen „Loslassen". Angeblich ginge das so. Loslassen wäre eine reine Kopfsache. Die Gedanken würden die Gefühle bestimmen. Mit der Kraft der Gedanken könnten wir uns deshalb von der Vergangenheit mit ihren gescheiterten Karriereplänen und unerfüllten Partnerschaften abwenden und uns auf die Zukunft konzentrieren. Die Vergangenheit ziehe dann keine Energie mehr von uns ab und wir gingen wohlgemut nach vorne.

Dann stand da noch, dass Loslassen nicht einfach sei. Loslassen fühle sich erst einmal schlecht an. Schließlich verliere man etwas, das man für wichtig erachtet habe. Es entstehe eine Lücke. Ersatz sei noch nicht in Sicht. Das Gute aber sei, man verharre nicht mehr in der Trauer um das Verlorene. Man akzeptiere, was geschehen sei. Wenn man nicht losließe, würden Wut- und Hassgefühle uns in die Depression und Selbstablehnung stürzen.

Stimmte alles. Zumindest bei mir. Anders denken hieß, anders fühlen. Hörte sich plausibel an. Schließlich war ich der beste Beweis für die Kraft der Gedanken. Ich hatte mit meiner Computer-Ideologie aus meiner Depression gefunden. Mir ging es tatsächlich besser. Ein Gedanke hatte mein Lebensgefühl positiv verändert.

Tatsächlich war ich völlig auf dem Holzweg. Und ich ahnte schon, dass Loslassen so nicht funktionierte. Ich hatte den Verdacht, dass diese Vorstellung vom Loslassen selbst nur ein Symptom für eine unbestimmte Angst vor Kontrollverlust war. Ich kann mir mein Bein abhacken, aber nicht mein Gefühl. Ich kann mein Gefühl nicht betrachten, analysieren und kontrollieren wie andere Gegenstände. Es ist ein Teil von mir und ich muss es aushalten, mich darauf einlassen. Es macht mich aus.

„Loslassen ist keine Kopfsache“, sagte ich. Man solle sich eine Gewinn-Verlust-Rechnung machen, stand im Internet. Was gewinne ich, was verliere ich, wenn ich loslasse? Dann könne der Verstand den Saldo ziehen und entscheiden. Ich traute dieser Idee von Anfang an nicht und behauptete das Gegenteil. Keine meiner Entscheidungen hatte etwas mit meinem Verstand zu tun. Mein Verstand war gar nicht dazu in der Lage, Entscheidungen zu treffen. Er konnte die Vor- und Nachteile vielleicht identifizieren und auflisten, aber damit war nichts gewonnen. Ich konnte ja nicht sagen: „Es steht fünf zu zwei für die

Entscheidung, also mache ich es." Nein. Für eine Entscheidung musste ich die Argumente gewichten. Und ihre Gewichtung entschied. Es konnte zehn zu eins stehen und ich entschied mich trotzdem für das eine, völlig aberwitzige Gegenargument. Ich wusste nicht, wo die Gewichtung stattfand, aber sie fand nicht im Kopf statt. Mein Kopf hatte keine Kriterien dafür. Meine Entscheidungen wurden schließlich nicht in Kilogramm gewogen.

Es war umgekehrt, meine Gedanken beeinflussten nicht mein Gefühl, mein Gefühl suchte sich seine Gedanken und Entscheidungen aus. Mein Gefühl ließ mich klammern und meine Gedanken folgten ihm. Mit meiner Computer-Ideologie oder meiner Idee eines selbstbestimmten Todes konnte ich wunderbar mein altes Leben weiterleben und brauchte mich nicht mit den Konsequenzen meiner Krankheit zu befassen. Mit Haut und Haaren hielt ich an meinem alten Leben fest und ließ nicht los.

Daly ließ nicht locker. Die Schubrate stieg an. Alle sechs bis acht Wochen bekam ich einen Schub. Das Betaferon hatte mir noch nie wirklich geholfen. Nun sollte die Medikation umgestellt werden. Das Neueste vom Neuen, „Tysabri". „Ein vielversprechendes Medikament zur Behandlung der schubförmigen MS", heißt es. Als MS-Patient hat man aus Sicht der Pharmaindustrie Glück im Unglück. Es gibt 2,5 Millionen MS-Kranke auf der Welt, die chronischen Bedarf an Medizin haben. Forschung und Entwicklung können sich hier für die Pharmaindustrie auszahlen. Menschen mit ähnlich schweren, aber selteneren Krankheiten haben Pech. Schließlich ist ein Pharmaunternehmen kein Wohltätigkeitsball. Angeblich kostet die Entwicklung eines Medikamentes um die 800 Millionen Dollar. Irgendjemand hat diese Zahl in den Raum geworfen und seitdem wird sie gebetsmühlenartig wiederholt.

Vielleicht wäre es deshalb sinnvoll, wenn wir als Gemeinschaft die Forschung für seltene Krankheiten förderten, statt medizinische Minderheiten zu diskriminieren. Aber das ist nach den Kriterien von Daly zu teuer. Zu teuer für wen? Für die gesund gebliebenen Menschen? Ich spürte schon wieder, wie diese Wut in mir hochstieg.

Die Pharmaindustrie hatte auf jeden Fall etwas unternommen und kam 2004 mit Tysabri auf den Markt. Das ist ein monoklonaler Antikörper. Ich habe bis heute keine Ahnung, was das ist. Ich habe auch lange Zeit den Beipackzettel nicht gelesen. Beipackzettel zogen mich immer runter, und eine Alternative gab es sowieso nicht. Entweder ich vertrage das Zeug oder nicht, sagte ich mir.

Heute weiß ich, was im Beipackzettel steht. Der Punkt „Gegenanzeigen“ ist nur ein paar Zeilen lang. Neben Standardhinweisen wie Überempfindlichkeit gegen den Wirkstoff und einer Altersbeschränkung steht dort auch etwas von Progressiver multifokaler Leukoenzephalopathie, kurz PML genannt. Das will man nicht haben.

Wie dem auch sei. Bei der ersten Verabreichung von Tysabri war noch ein Mitarbeiter des Pharmaunternehmens Biogen anwesend. Er beobachtete mich und fragte permanent, wie es mir gehe, ob ich irgendwelche unangenehmen Gefühle oder Nebenwirkungen hätte. Ich knöpfte mir nach der Gabe von Tysabri wieder das Hemd zu und antwortete: „Ich habe jetzt keine Zeit mehr. Ich habe noch ein paar wichtige Termine im Büro." Ich fand mich cool. Schon saß ich wieder in meinem Auto und rauschte über die Autobahn, direkt ins Büro. Ehrlich gesagt, ich habe das Zeug gut vertragen und mir keine Gedanken gemacht, ob etwas schiefgehen könnte.

Nach der zweiten Infusion rief mich mein Bruder an. Er erzählte mir, dass die Aktien von Biogen abgestürzt seien und irgendetwas mit Tysabri nicht stimme. Damit konnte ich noch nichts anfangen. Also schnappte ich mir das Telefon und rief meinen Arzt an, den MS-Oberguru. Ich erzählte ihm am Telefon, dass irgendwas mit Tysabri nicht stimmen konnte, und fragte, ob er genauere Informationen habe. Ich konnte sein Erstaunen durch das Telefon spüren. Er fragte mich, woher ich diese Information hätte. Er selbst sei erst vor zehn Minuten darüber informiert worden, dass Tysabri sofort vom Markt genommen werde. Es habe Fälle mit sehr starken und unvorhergesehenen Nebenwirkungen gegeben, zum Teil mit tödlichem Verlauf. Ich dachte nur: Was ist das für eine Welt, in der die Börse schneller reagiert als das Gesundheitssystem?

Mein Arzt hatte sich mittlerweile informiert und klärte mich noch am gleichen Tag auf. Betaferon und Tysabri in Kombination ergäben offensichtlich für einige Patienten einen tödlichen Cocktail und könnten zu einer

PML führen. Mir wurde heiß und kalt, als er das sagte. Denn ich war genau einer von den möglichen Todeskandidaten, die mit Betaferon und Tysabri gleichzeitig behandelt worden waren.

„Die Prognose für PML ist gegenwärtig schlecht“, fuhr er fort. „Was heißt das genau?“, fragte ich. „Zahlreiche funktionelle Störungen des Nervensystems und Tod in drei bis zwanzig Monaten“, war die Antwort. Es war auf einmal still. Wir sagten kein Wort.

„Es tut mir sehr leid“, sagte mein Arzt schließlich, „aber das konnte keiner wissen.“ Ich sagte nichts dazu. Tysabri war ausdrücklich auch in Kombination mit Betaferon zu verabreichen gewesen. Wozu sind klinischen Studien gut, wenn man solche tödlichen Nebenwirkungen nicht ausschließen kann?

Eigentlich war alles gesagt, aber ich bat ihn trotzdem um eine ehrliche Antwort in Bezug auf meine Situation. Er antwortete, dass die nächsten sechs bis acht Wochen zeigen würden, ob ich diesen Pharmacocktail überleben würde.

Angesichts des Todes stellte sich die Frage nach dem Zeitvertreib. Ich saß im Büro und machte Termine für die nächsten drei Monate, nicht wissend, ob ich den nächsten Tag erleben würde. Eigentlich wie ein gesunder Mensch. Aber mit einer möglichen PML-Zeitbombe im Körper bekam die Idee vom Tod eine andere Präsenz. Ich müsste viel bewusster mit meinem Leben umgehen, dachte ich - und machte noch mehr Termine.

Ich hatte meiner Mutter nie von meiner MS erzählt, weil ich sie nicht damit belasten wollte. Sie hatte selbst genug mit ihrem chronischen Lungenleiden zu tun und fühlte sich kraftlos. Von dem Krebs, der schon damals in ihrem Darm wucherte, wussten wir alle noch nichts. Meine Brüder hatte ich dazu verdonnert, nicht mit meiner Mutter über meine Situation zu sprechen. Sie hatten es akzeptiert, wohl auch, weil sie sich selbst nicht sicher waren, wie man sich gegenüber unserer kranken Mutter verhalten sollte. Nun saß ich ihr im Wohnzimmer gegenüber. Sie schaute nachdenklich auf das Nachbarhaus.

„Wat is, Mooore, wat büss dann ant Kieken?“, scherzte ich herum. „Meine Nachbarin hat MS“, sagte sie sichtlich berührt. Ich versuchte, meine Traurigkeit zu kontrollieren. Mit meiner Verschwiegenheit hatte ich mich so ins Aus manövriert, dass ich mich jetzt nicht einmal mehr meiner Mutter anvertrauen konnte. Ich hatte auf einmal das Gefühl, sie angelogen, etwas grundsätzlich falsch gemacht zu haben.

Die Angst vor der PML machte jeden Tag zum Nervenkrieg. Aber mit jedem Tag wuchsen auch meine Chancen. Nach drei Monaten des Bangens war ich aus der Gefahrenzone. Das Betaferon war aus meinem Körper und wir konnten erneut mit Tysabri starten. Man hatte mittlerweile herausgefunden, dass PML eine Nebenwirkung von Tysabri war, auch ohne Gabe von Betaferon. Die Chancen, PML zu bekommen, standen für mich 4 zu 1000. Ich nahm dieses Risiko in Kauf, weil Tysabri mir wirklich geholfen hat. Ohne dieses Medikament wäre ich heute nicht mehr hier. Ich bekam also wieder alle achtundzwanzig Tage eine Infusion.

Nachdem ich mein Probejahr als Führungskraft absolviert hatte, stand der endgültige Umzug zum Sitz der Unternehmenszentrale bevor. Bislang war ich gependelt. Die erste Frage war natürlich, wo ich mich behandeln lassen sollte. Ich stellte mich in der Uniklinik vor und bekam direkt einen Termin für eine Untersuchung. Der Arzt musste ja wissen, mit wem er es zu tun hatte.

Ich kam morgens um halb neun in die Klinik und erledigte erst einmal den Papierkram. Der Professor machte die Aufnahmeuntersuchung. Er war freundlich. „Machen Sie bitte den Oberkörper frei. Sie können sich dort hinlegen." Er diktierte und zwei Assistenzärzte schrieben mit: „Internistischer Aufnahmebefund: Patient in gutem AZ. Cor und Pulmo auskultatorisch frei. Abdomen weich, kein Druckschmerz, Wirbelsäule und Nierenlager klopfschmerzfrei. Keine Ödeme, keine Trophikstörungen, Fußpulse beidseitig tastbar." Das hörte sich für mich alles sehr gut an. „Neurologischer Aufnahmebefund: Visus unverändert subjektiv, regelrechte Pupillomotorik, okulomotorisch normale Sakkaden, regelrechte Diadochokinese, kaudiale Hirnnerven frei, keine Zeichen einer gliedkinetischen Ataxie." Immer wenn ich die Worte „frei" oder „keine Anzeichen" hörte, atmete ich innerlich auf.

Zur Auflockerung machte die Schwester einen Hörtest. Das Ergebnis war sehr gut. Gott sei Dank. Ich habe schon immer eine besondere Beziehung zur Musik gehabt und spielte früher leidenschaftlich gern auf meiner E-Gitarre. In der schalldichten und abgedunkelten Kabine kam mir ein faszinierender Gedanke. Ich hatte gelesen, dass die Schallwellen im Inneren des Ohres in elektrische Nervenimpulse umgewandelt werden. Mir fiel auf, dass damit noch nichts erklärt war. Irgendwo zwischen den Nervenimpulsen und der Empfindung eines Tones passiert etwas Unvorstellbares. Physikalische Daten werden in etwas Übersinnliches übersetzt, in etwas jenseits der Physik, nicht nachvollziehbar und doch real.

Vielleicht ist der Weg aber auch umgekehrt. Nicht der Ton ruft meine Empfindungen hervor, sondern meine Empfindung sucht sich den Ton. Erst kommt unsere Stimmung. Sie macht uns empfindsam für einen bestimmten Ton. Beethoven hat seine 9. Symphonie nie gehört. Sie entstand aus seinem Gefühl heraus. Sein Gefühl hatte sich aus allen Klangwelten genau diese Musik ausgesucht. Irgendwie kam mir der Gedanke bekannt vor. Dann ging die Tür der schalldichten Kammer auf und die

Schwester sagte: „So, ich übergebe Sie jetzt an unsere Ärzte."

Die eigentlichen Untersuchungen begannen. Jetzt wurde es ernst. Es waren junge Ärzte in der Ausbildung, die sich an mir versuchten. Sie steckten mir Nadeln in die Kopfhaut und setzten sie unter Strom. Wenn die viel beachtete Sinuskurve nicht den gewünschten Verlauf anzeigte, wurde die Stromzufuhr erhöht. Nach dem Motto: „Mal sehen, was passiert."

Ich ließ alles brav über mich ergehen. Aber meine Laune ging langsam den Bach hinunter. Als es mir nach einiger Zeit zu bunt und zu hart wurde, riet ich den Ärzten, die Untersuchung erst einmal an einem toten Schwein auszuprobieren, aber bitte nicht an mir. Ich hatte solche Reaktionen von mir vor meiner MS-Diagnose nicht gekannt, aber die Ehrfurcht vor den weißen Kitteln und dem Doktortitel war mir schon vor einiger Zeit verloren gegangen. Ich hatte mich zu einem Patienten entwickelt, der seinen Mund aufmachte, wenn es notwendig schien. Aber ich ließ mich beruhigen und machte weiter.

Nun sollte der Sehnerv gemessen werden. Zwei unverbrauchte Ärzte holten mich ins Untersuchungszimmer. Mich schaute ein riesiges Augapfelmodell an, aus dem lange Strippen hingen, lebensechte Nerven und Gefäße. Gruselig.

Ich saß neben dem Augapfel. Mehrere Elektroden wurden mir rund um das Auge geklebt. Eine davon wurde so weit wie möglich in die Augenhöhle gedrückt und unter Strom gesetzt. Dabei wurde mit der Stromspannung derart herumgespielt, dass ich dachte, mir flöge das Auge aus dem Schädel. Also riss ich mir den Kabelsalat aus dem Gesicht und sagte zu den beiden: „Passt mal auf. Ihr seid doch zu zweit. Dann könnt ihr das jetzt an euch selbst ausprobieren. Und wenn es klappt, komme ich wieder."

Die beiden schauten mich aus schreckgeweiteten Pupillen an und meinten, ich könne die Untersuchung nicht abbrechen, weil noch kein brauchbares Ergebnis vorliege. Ich habe den Untersuchungsraum wortlos verlassen.

Ich wäre am liebsten nach Hause gefahren. Aber ich wollte erfahren, wie es mir ging. Vor der Besprechung mit dem Professor stand um fünf Uhr nachmittags als letzte Untersuchung ein EEG an. Völlig harmlos. Ein paar Drähte auf dem Kopf, Augen öffnen, schließen, einen Punkt fixieren und fertig. Absolut schmerzfrei und überhaupt kein Problem. Aber ich fing an, unkontrolliert zu weinen. Ich konnte nicht mehr.

Als mich der Professor begrüßte, waren meine ersten Worte: „Das machen Sie mit mir nie wieder. Nicht in diesem Umfang und nicht an einem Tag." Er entschuldigte sich und meinte, das sei nur so umfangreich gewesen, um den Status quo festzustellen.

Ich fuhr nach Hause. Über die Autobahn. Jimmy Cliff leierte mir unzählige Male ins Ohr: „You can get it, if you really want." Bevor er singen konnte „But you must try", schaltete ich um. Hot Dog von Limp Bizkit. Na also, geht doch, dachte ich, drehte auf und schrie mit: „You wanna fuck me like an animal."

Mit mir nicht!, dachte ich. Mit mir nicht! Ich regte mich immer noch über die beiden Ärzte auf, die mir meinen Sehnerv ruinieren wollten.

Auf einmal wurde mir schwindelig und ich musste anhalten. Der Parkplatz war sauber und nüchtern, das Klohäuschen hatte den ihm zustehenden Geruch. Aber ich vergaß das alles. Ich schloss die Augen und sah leuchtend blaue Kornblumen neben signalrotem Klatschmohn. So, wie ich sie meiner Mutter mitgebracht hatte. Ich sah Heckenrosen. Wie gut sie gerochen hatten, damals, auf meinem Schulweg. Ich sah den weißen Flieder, den meine Mutter mir auf den Schreibtisch gestellt hatte, als ich für meine Abschlussprüfung lernte. Flieder war seit dieser Zeit für mich etwas Besonderes. Das war Sehen. Diese Dinge hatte mein Innerstes wirklich gesehen und für sich aufbewahrt. Sie hatten mich berührt. Wenn man richtig hinsah, wurden die einfachsten Dinge zu lebenslangen Schätzen. Aber wie wenige Momente waren es gewesen. Wenn ich sie alle zusammenzählen wollte, käme vielleicht eine Woche zusammen. An wie vielen Tagen war ich achtlos an den schönsten Dingen vorbeigegangen.

Das Leben ist uns nichts schuldig, dachte ich bei mir. Es hat uns alles gegeben, um jeden einzelnen Tag vor Freude niederzuknien. Stattdessen rase ich von einer Belanglosigkeit zur nächsten. Ich bin dem Leben alles schuldig. So herum macht es Sinn. Jede Minute der Missachtung ist ein Vergehen.

Aber meine lichten Minuten dauerten nicht lange. Das Mobiltelefon erinnerte mich an die abendliche Geschäftsleitersitzung. Ich musste weiter.

Von nun an bekam ich meine Infusionen in der Uni-Klinik. Dort gab es extra ein Gebäude dafür. Fünfundneunzig Prozent Krebspatienten. Ehrlich gesagt hatte ich bis dahin nicht viel mit Krebspatienten zu tun gehabt. Die Damen dort trugen meist Kopftücher, die Herren liefen mit Caps oder Glatze durch die Gegend. Ich lernte, dass es große Unterschiede bei der Chemo gibt. Einige Leute stecken sie gut weg, anderen geht es miserabel.

In den Räumen standen immer drei Stühle. Man konnte ihre Lehne nach hinten klappen, um es sich für eine mehrstündige Infusion bequem zu machen. Das Personal war sehr professionell und sorgte für einen reibungslosen Ablauf.

Jetzt war ich an der Reihe. Eine Schwester wies mir einen Stuhl neben einem jungen Mann zu. Er war vielleicht siebzehn Jahre alt. Er war schon vor einiger Zeit angeschlossen worden und machte einen erbarmungswürdigen Eindruck. Ich zählte die Beutel, die über ihm hingen, fünf Liter leuchtend blaue Flüssigkeit liefen langsam in seinen Körper. Ab und zu kam eine Schwester und spritzte ihm ein Mittel, damit er sich nicht ununterbrochen übergeben musste. Das Ganze zog sich über Stunden hin.

Ich dachte nur: Du bist nicht krank, der Junge neben dir, der ist krank. Dann fielen mir meine Kollegen im Büro ein. Viele von ihnen standen morgens auf und hatten den ganzen Tag schlechte Laune, weil das Marmeladenglas leer oder das Auto nicht mehr tiefergelegt war. Jeder von ihnen sollte einmal einen Tag mit mir in der Krebsklinik verbringen. Aber ich konnte ja nicht über das sprechen, was ich hier erlebte, denn ich war offiziell mal wieder auf einer Dienstreise.

Mir wurde nach und nach klarer, was der Arzt mir damals während meines ersten Krankenhausaufenthaltes eigentlich hatte sagen wollen. Er sprach von einem bewussteren Leben und tieferer Wahrnehmung. Er hat recht gehabt. Das Leben ist keine Generalprobe. Ich bin nur dieses eine Mal auf dieser Welt. Ich würde aufhören, mich wie ein anerkennungssüchtiger Junkie mit Banalitäten vollzudröhnen. Ich würde mehr auf mich achten.

Das war ein guter Vorsatz, aber natürlich noch kein bewussteres Leben. Aber mir war klar geworden, dass ich kein bewusstes Leben führte. Ich wurde sensibel für diese Frage. Wenn ich nicht gerade den totalen Stress während der Arbeit hatte, nahm ich meine Umwelt intensiver wahr als früher. Es waren nur kurze Augenblicke. Auf dem Weg zur Arbeit ein Blick auf die aufgehende Sonne, Tiere im Morgennebel, den leuchtenden Fluss unter der Autobahnbrücke. Ich war tiefer zu beeindrucken. Das kannte ich in dieser Form nicht.

Früher hätte ich diese Bilder sicherlich auch schön gefunden, aber ich wäre im nächsten Augenblick wieder woanders gewesen. Wenn nicht körperlich, dann doch in Gedanken. Jetzt hielt ich auf der Fahrt zur Arbeit manchmal an, um innezuhalten. Ich sah nicht nur den Nebel, die Sonne und den Fluss, ich wurde ein Teil des Ganzen und fühlte mich aufgehoben in der Schönheit des Momentes.

So hatte ich vorher noch nichts wahrgenommen. Meine Wahrnehmung war intensiver, weil meine innere Stimmung sich verändert hatte. Zumindest fühlte ich, dass sich in meinem Innersten eine Veränderung vorbereitete. Aber ich hätte sie nicht beschreiben können. Und auch nicht beeinflussen.

Endlich

Mit jedem Schub war etwas von mir auf der Strecke geblieben. Die Beschwerden hatten sich meistens zurückgebildet, aber eine kleine Erinnerung an jeden einzelnen Schub blieb. Eine davon war mein Schlaffi in der Hose. Er war zwar nicht mehr inkontinent, aber das war auch das Einzige, wofür ich ihn loben konnte. Ich wusste, dass ich nie wieder mit meiner Frau schlafen konnte. Bei jeder Berührung schaltete das Ding auf taub. An der Theke war ich natürlich der Hengst.

Am meisten hingen mir meine beiden großen Schübe in der Brustwirbelsäule und im Stammhirn nach. Sie sorgten für eine wiederkehrende Spastik in den Beinen und teuflisch schmerzende Flecken am Körper. Hinzu kam mein Lebensstil. Viele Medikamente und Krankenhausaufenthalte und dabei immer als belastbarer Managertyp auf der Überholspur unterwegs. Auf Dauer hielt ich das nicht durch, auch wenn ich es nicht wahrhaben wollte. Die Rechnung kam prompt. Auf der Quittung stand „Fatigue“.

Ich wurde immer schneller und urplötzlich müde. Bei jeder Gelegenheit. Eine neurologische Untersuchung sollte Klarheit verschaffen. Alles ganz harmlos. Ein paar Übungen am PC testeten Aufmerksamkeit, Konzentration und Reaktionsfähigkeit. Eine Ärztin führte die Untersuchung freundlich und professionell durch. Danach sagte sie zu mir: „So, das war es schon, wir sind fertig.“ Ich fand mich nicht überragend, aber allemal besser als im Büro. Dachte ich.

Der Professor erklärte mir meine Ergebnisse. Miserabel. So miserabel, dass die untersuchende Ärztin die Untersuchungen abgebrochen hatte. Sie war der Meinung gewesen, ich hätte weitere nicht durchstehen können. Der Professor erklärte, auf kurz oder lang wäre eine Fatigue bei mir zu erwarten gewesen, das wäre bei den meisten Patienten der Fall.

Ich ging nach Hause und konnte nicht glauben, dass die Ärztin tatsächlich den Test abgebrochen hatte. Warum konnte ich das eigentlich nicht glauben? Ich hatte an so vielen Tagen meine Arbeit abgebrochen. Die Fatigue war so heftig geworden, dass ich nur bis mittags arbeiten konnte und dann nach Hause fuhr, um auf dem Sofa in einen komaartigen Schlaf zu fallen. Ich hatte tapfer dagegengehalten und war dennoch jeden Tag zur Arbeit gefahren. Aber die Fatigue behielt die Oberhand. Nach dreißig Minuten am Computer war ich für den Rest des Tages völlig erschöpft.

Der Professor machte klare Ansagen. Ich solle in Rente gehen und mich endgültig auf meine Krankheit einlassen. Das Arbeitsleben könne ich nicht durchstehen und es sei reines Gift für mich.

Der hat gut reden, dachte ich und ging nach Hause. Ich protestierte innerlich. Die Rente reicht doch nie! Allein meine private Krankenversicherung frisst meine Rentenansprüche auf. Ich musste mir eine neue Durchhalteparole ausdenken. Das neue Motto hieß jetzt: „Wir sind hier nicht bei Wünsch-dir-Was, sondern bei So-Isses. Komme damit klar und mache das Beste draus."

Fragen Sie mich lieber nicht, was das genau heißen sollte. Es war so konfus, wie es sich anhört.

Als Symbol meiner neuen Lebenseinstellung kaufte ich mir eine Playstation. Eine glorreiche Idee und ein reiner Trotzkauf. Wer eine Fatigue wie ich hat, bringt gerade mal so viel Energie auf, um das Ding in die Ecke zu schmeißen. Zehn Minuten mit der Playstation und ich war den ganzen Tag wie gerädert.

Die Fatigue wurde immer schlimmer. Dazu kamen meine altbewährten Wehwehchen. In der S-Bahn konnte ich nicht mehr ohne Brechreiz rückwärtsfahren, meine Haare steckten wie Stecknadeln in meiner Kopfhaut, die Flecken am Körper schmerzten fürchterlich und andauernd wurde mir schwindelig. Meine Beine waren immer wieder spastisch und mein Blick klebte auf dem Boden, damit ich nicht fiel. Sex hatte ich schon eine Ewigkeit nicht mehr gehabt und die Aussicht darauf war schlecht. Ich war schon froh, dass ich mir nicht mehr in die Hose machte.

Die MS war anders als Zahnschmerzen oder ein Darminfekt. Sie ging nicht mehr weg. Sie war nicht tödlich, aber machte mir mein Leben mit jedem Tag mehr zur Hölle. Sie war immer da, in allen Nuancen, die das Nervensystem zu bieten hat. Missempfindungen, Sensibilitätsstörungen, Taubheitsgefühle, Lähmungen, Schmerzen, Brennen. Irgendwas war immer. Für die Freunde am Tisch sah alles in Ordnung aus. Aber meine Nerven signalisierten einen Nadelstich quer durch den Oberschenkel. Manchmal auch durch die Schulter. Ich hob mein Glas zum Anstoßen, und mein ganzer Arm fühlte sich wie nach einer Verbrennung an. Dicke, rote Brandblasen mit herabhängenden Hautfetzen. Keiner sah etwas. Auch ich nicht. Keiner sollte etwas merken. Das kostete unendlich viel Kraft.

Ich stellte mir die Gewissensfrage. Ist mein Leben noch lebenswert? Wieso brachte ich mich nicht einfach um? Es stellte sich heraus, dass es gar nicht so einfach war, die Bedingungen eines lebenswerten Lebens zu bestimmen. Ich konnte nicht einfach sagen: „Ich will A, B und C. Wenn B nicht mehr ist, dann bringe ich mich um." So funktionierte es nicht. Wie es funktioniert, habe ich bis heute nicht herausgefunden. Ich stellte mir vor, dass mich irgendwann eine wohlige Todessehnsucht überkommen würde, eine Art Einverständnis. Vielleicht genau dann, wenn man eins mit sich selbst ist. Wenn der Kampf mit der Außenwelt aufgehört hat zu toben.

Ich habe einmal einen Stierkampf gesehen. Der Stier hatte sich tapfer gegen die Lanzenreiter gewehrt. Danach hatten ihm die Banderilleros ein Dutzend Spieße in die Schultern gerammt. Das Blut floss in Strömen über den breiten Stiernacken, doch der Stier kämpfte weiter. Zuletzt stieß ihm der Matador seinen Degen zwischen die Schulterblätter. Da der Stier davon nicht sofort tot umfiel, versuchte der Matador, ihn weiter zu reizen. Ich konnte fühlen, dass der Stier auf einmal ganz bei sich war. Er schaute das rote Tuch an, drehte sich um und ging an den Rand der Arena. Er hat seinen Tod in völliger Ruhe angenommen. Ganz allein für sich. Erst als der Kampf seine Bedeutung verloren hatte, war er zum Sterben bereit.

Aber an dem Punkt war ich noch lange nicht. Ich kämpfte noch für mein Auto, Zuneigung und Stromanschluss. Doch mir fiel es immer schwerer, eine positive Einstellung zu behalten. Nach außen war ich der ungebrochene Typ. Als ich wieder einmal nach einer Infusionssitzung mit meinem Arzt sprach, sagte er zu mir, ich würde immer in der Uniklinik herumspazieren, als wäre nichts passiert. Ich sollte mal mit anderen Patienten reden und ihnen Mut zusprechen. Tatsächlich war ich nur mit mir beschäftigt. Ich hatte keine Kraft für andere Menschen, krank oder nicht krank. Ich hätte Schauspieler werden und einen Oscar kassieren sollen. Selbst der Professor in der MS-Klinik hat mich nicht durchschaut. Nach der Vorstellung habe ich dann geweint wie ein Schlosshund.

Auch mir wurde allmählich klar, dass ich mein Doppelleben aufgeben musste. Ich ging offener mit meiner Situation um und erzählte den Kolleginnen und Kollegen von meiner Lage. Es fiel spürbar eine schwere Last von meinen Schultern. Viele Mitarbeiter hatten sich natürlich schon gefragt, was mit mir los war. „Der Erning macht, was er will“, wurde hinter meinem Rücken erzählt. Aber jeder ließ mich in Ruhe, weil ich von meinem Chef gedeckt wurde. Ohne seine Unterstützung hätten manche Kollegen mich sicherlich für meine vermeintlichen Extravaganzen im Job zur Rede gestellt. Durch meine neue Offenheit hatten sie nun eine Erklärung und reagierten mit viel mehr Verständnis für mich.

Aber dieses Verständnis hatte seinen Preis. Der nächste Karriereschritt war fällig. Die Position der Leitung war ausgeschrieben worden und ich bewarb mich. Meine beruflichen Qualifikationen standen außer Frage, und wegen meiner Krankheit durfte man mich bei der Vergabe der Position nicht diskriminieren.

Bei meinem Vorstellungsgespräch vollbrachte die Geschäftsführung eine Meisterleistung. Sie gab mir auf sehr wohlwollende und verständnisvolle Weise bekannt, dass es für mich in meiner Situation nicht gut sei, noch mehr Verantwortung auf meine Schultern zu laden. Es gebe noch mehr im Leben als Karriere. Ich erhielt also eine Absage, weil ich krank war.

Die Nachricht war in so viel Einfühlungsvermögen verpackt, dass ich mich für einen Moment gar nicht so schlecht fühlte. Aber dann wurde mir klar, dass die Geschäftsführung meine Karriere endgültig für beendet erklärte. Nach außen zu Freunden und vor mir selbst beschwerte ich mich darüber. Tatsächlich wusste ich, dass die Geschäftsführung recht hatte und in meinem Sinne verantwortlich handelte. Aber das hätte ich nie zugegeben, da es für mich einer Kapitulation gleichgekommen wäre.

Ich hatte damals einen perfekten Chef, der mir weiterhin alle Möglichkeiten einräumte, mich irgendwie auf meine Situation einzustellen. Ich konnte mittags das Büro verlassen und von zu Hause arbeiten. Leider war mir damit nicht wirklich geholfen, da mein Zustand sich von Tag zu Tag verschlechterte. In einem vertraulichen Gespräch kamen wir deshalb zu dem Schluss, dass ich eine vorzeitige Rente beantragen sollte. Er tat alles, was in seinen Kräften stand. Aber ich konnte nicht mehr und musste mein Arbeitsleben aufgeben.

Nun hieß es, sich um die Rente zu kümmern. Würde ich sie durchkriegen? Mit vierundvierzig Jahren? Mit meiner Fatigue kam mir der Rentenantrag vor wie ein einziger bürokratischer Wahnsinn.

Meine Frau und ich unterhielten uns kaum noch. Je mehr ich in der Arbeit nachließ, desto mehr surfte sie im Internet. Sex und Zärtlichkeit waren seit Jahren verkümmert. Wir brauchten eine Veränderung. Der große Wunsch meiner Frau war es, wieder in ihrer Heimatstadt zu leben. Gesagt, gesucht und eine schöne Wohnung gefunden. Wir kauften neue Möbel und richteten uns ein. Kaum waren die

Möbel in der Wohnung, teilte mir meine Frau mit, dass sie jemanden kennengelernt hatte und mich verlassen wollte.

Ich machte die MS für alles verantwortlich. Der erste Verdacht fiel immer auf sie. Bis zum Beweis ihrer Unschuld war sie schuldig. Wenn ich Kopfschmerzen hatte oder mich schlecht fühlte, schob ich es zuerst auf meine MS. Eigentlich war ich der Ansicht, mit meiner MS hätte ich meinen Teil an Krankheit im Leben bekommen. Pustekuchen! Husten, Schnupfen, Heiserkeit, Zahnschmerzen und eine gepflegte Diarrhö bekam ich trotzdem.

Das Scheitern meiner Ehe schob ich natürlich auch auf meine Krankheit. Das war einfach. Aber heutzutage werden mehr als fünfzig Prozent aller Ehen in Deutschland geschieden. Die meisten davon ohne MS. Ich habe bis heute nie wirklich darüber nachgedacht, was außer der MS vielleicht unsere Ehe zerrüttet haben könnte. Vielleicht hätte man ehrlicher und offener miteinander reden müssen.

Alles hatte sehr romantisch angefangen. Wir hatten uns auf einer Kreuzfahrt kennengelernt. Beim Abschied von Bord hatten wir uns umarmt. Eine Umarmung, deren Innigkeit alles für mich veränderte. So etwas hatte ich noch nie gefühlt. Damals war ich noch gesund und beruflich auf dem aufsteigenden Ast. Wir zogen zusammen und die ersten Jahre verliefen sehr romantisch. Auch meine Diagnose hatte daran zunächst nichts geändert.

Meine Freundin hatte mich furchtlos trotz meiner Krankheit geheiratet und ich empfand es als eine große Liebeserklärung. Wer heiratet schon einen MS-Kranken? Auch sie konnte nicht wissen, was auf sie zukam. Wir waren beide naiv und hätten uns niemals vorgestellt, welche verheerenden Auswirkungen die Krankheit auf unser Leben haben sollte. Das wollten wir uns auch nie vorstellen. „Ich packe das. Die

MS interessiert mich überhaupt nicht", habe ich zu ihr immer gesagt. Und sie hat mich immer in diesem Glauben bestärkt.

Aber wir konnten beide nicht leugnen, dass es mir immer schlechter ging und unser ganzes Leben sich unmerklich verdunkelte. Darüber gesprochen haben wir allerdings nie, weil wir wohl beide nicht wahrhaben wollten, was wir jeden Tag deutlicher spürten, unseren Niedergang.

Ich stellte mir vor, wie schwierig es gewesen sein muss, mit einem chronisch Kranken ohne Perspektive auf Besserung umzugehen. Ich hatte nicht einmal selbst Verständnis für meine Situation und konnte meine Gefühle kaum kontrollieren. Außerdem war auch ich anders geworden, anders als der Mann, den sie geheiratet hatte.

Als wir einmal durch die Stadt bummelten, zeigte sie mir tolle Schuhe für mich in der

Auslage. Meine Standardantwort lautete: „Brauche ich nicht mehr, für mich ist alles vorbei.“ Sie war hilflos. Nicht, weil sie nicht helfen wollte, sondern weil ich keine Hilfe annehmen konnte. Sie kam sich sicherlich auch zurückgewiesen vor.

Ich wusste nicht viel von ihren Ängsten, weil ich nur noch in meinen eigenen Sorgen gefangen war. Sie hatte vermutlich die gleichen Verlustängste. Warum sollte sie weniger stark an ihrem alten Leben festhalten wollen als ich? Warum sollte es ihr leichter fallen, auf gesellschaftliches Ansehen und wirtschaftliche Sicherheit zu verzichten als mir? Ich hatte immer nur von mir gesprochen, aber auch für sie war meine Diagnose ein Schicksalsschlag. Auch sie musste Abschied nehmen von ihren Lebensplänen.

Sie wäre aber, anders als ich, bereit gewesen, sich an die veränderten Bedingungen anzupassen. Lange vor meinem Rentenantrag war mein ältester Bruder Vater geworden und bot mir an, eine Art Tagesmutter beziehungsweise Tagesvater für seine kleine Tochter zu werden, deren Patenonkel ich übrigens bin. Er hätte mir das übliche Gehalt gezahlt, und meine Frau wäre mit ihrer damaligen Selbstständigkeit überall gut aufgestellt gewesen. Sie sah das genauso und hat diesen Plan unterstützt. Aber so sah ich mich nicht. Ich wollte trotz meiner Krankheit meinen Karriereweg gehen und nicht Windeln wechseln. Ich konnte nicht ahnen, dass ich mit Mitte vierzig schon meinen Rentenantrag stellen würde. Sie hat getan, was sie konnte.

Heute sind wir geschieden und gehen sehr freundschaftlich miteinander um. Gar nicht so anders als in unserer Ehe. Fast so wie Bruder und Schwester.

Angekommen

Alles hat seine Zeit. Die fälligen Entscheidungen zeigten sich erst, wenn ich so weit war. Es gab keine Umleitung und keine Abkürzung. Es war jetzt fast zehn Jahre her, seit ich im Fußraum des Taxis gekauert hatte und zum Arzt gefahren worden bin. Jetzt war ich am Ende. „Wer nicht hören kann, muss fühlen", hat meine Mutter immer gesagt. Ich hatte nicht gehört, jetzt musste ich fühlen. Aber was? Mein Verstand hatte mir tausendmal gesagt, wie absurd und aussichtslos mein Kampf war. Meine letzte Energie hatte ich dennoch zur Selbstzerstörung genutzt. Wie der alte Samurai hatte ich gekämpft, damit sich mir mein Schicksal offenbarte. Jetzt konnte ich nicht mehr, aber mein Schicksal zeigte sich mir nicht.

Ich fühlte mich schlecht. Ich war völlig auf mich selbst zurückgeworfen. Niemand, der mich auffing, hielt und sich um mich sorgte.

Ich konnte mit der Ungewissheit noch immer nicht umgehen. Das konnte ich noch nie.

Wohl dem, der jetzt eine Familie hatte. Jeder meiner drei Brüder hätte mich aufgenommen. Ich wollte aber nicht. Ich wollte nicht aus meiner gewohnten Umgebung wegziehen. Ich fühlte mich dort wohl.

Statt mich mit Freunden zu treffen oder in die Stadt zu gehen, saß ich in meiner Wohnung und telefonierte über das Internet. Die Bildqualität war schlecht und die Sprachübertragung verzögert. Vielleicht war deshalb mein Bruder so erschrocken, als wir an einem Abend vor dem Computer eine Flasche Rotwein leerten. Später erzählte er mir, dass es ein fürchterlicher Abend gewesen sei. Ich hätte leichenblass vor meinem Computer gesessen. Im Hintergrund war ein großer Buddha zu sehen, dessen lebensbejahendes Lächeln nichts mehr mit mir zu tun hatte. Stattdessen schaute mein aufgedunsenes

Gesicht in die Kamera und machte verzweifelt gute Miene zum bösen Spiel.

Als unser Internetgespräch zu Ende war, kamen er und seine Frau zu dem Schluss, dass der Junge da nicht alleine bleiben konnte. Am nächsten Tag rief er mich aus dem Büro an und redete auf mich ein, in seine kleine Einliegerwohnung zu ziehen. Ich zögerte und sagte ihm, dass ich mir seinen Vorschlag überlegen würde. Noch war er einigermaßen verständnisvoll.

Er hatte sich schon immer über meine ignorante Einstellung zu meiner Krankheit aufgeregt. „Andere legen sich mit einer Grippe ins Bett und du machst dich mit deiner MS mutwillig kaputt“, so oder so ähnlich hatte er oft versucht, mir ins Gewissen zu reden. Aber geholfen hat es natürlich nicht. „Würde ein leidenschaftlicher Hundertmeterläufer mit einem gebrochenen Bein trainieren?“, hat er mal sehr aufgeregt ins Telefon gebrüllt. Später hat er sich dafür entschuldigt. Er war wütend geworden, weil er ohnmächtig der Selbstzerstörung seines Bruders zusehen musste und keine Möglichkeit sah, ihn von seinem ruinösen Weg abzubringen.

Zwei Tage später rief er wieder an. „Ich muss auf dich einreden wie auf einen kranken Gaul, damit du an den Starnberger See kommst! Das gibt es doch nicht! Was willst du denn da hinten? Keine Arbeit, keine Familie, keine Freunde und eine Wohnung, die du nicht bezahlen kannst!“ Er war wieder wütend. Er konnte mich nicht verstehen. Im Nachhinein kann ich ihn verstehen. Es ist schön am Starnberger See. Aber damals führte auch das Telefonat zu keiner Entscheidung, zumindest zu keiner, die mein Bruder für akzeptabel hielt.

Ich wollte nicht weg. Aber ich wusste auch, dass mich die wirtschaftliche Not früher oder später zu einer Veränderung zwingen würde. Aber ich war entschlossen, zu bleiben.

Ich ging spazieren. In der Winterlandschaft mit den kleinen zugefrorenen Seen in meiner Nähe. Ich überlegte und sträubte mich. Dann hörte ich Musik, „Brothers in Arms“ von den Dire Straits. Die Musik machte mich empfindsamer, und der Titel kam mir plötzlich vor wie ein Zeichen. Ich erkannte, dass ich meine Situation als das Ende eines Lebensabschnittes akzeptieren musste. Ich hatte keine tiefere Einsicht in meine Situation gewonnen. Ganz im Gegenteil. Ich war jetzt nur bereit, mich der wirtschaftlichen Not zu beugen. Freiwillig hätte ich nie meine alte Heimat verlassen.

Natürlich würde meine Mutter merken, dass ich nicht mehr arbeitete. Ich war also gezwungen, auch meiner Mutter offen und ehrlich gegenüberzutreten. Ihre Nachbarin saß mittlerweile im Rollstuhl. Es fiel mir sehr schwer, ihr die Wahrheit zu sagen. Ich hatte ihr etwas verschwiegen, was ich ihr eigentlich hätte sagen müssen. Ich wusste nicht, ob sie mein Schweigen verstehen würde. Würde sie es als meine Fürsorge ihr gegenüber verstehen oder als ein Zeichen mangelnden Vertrauens? Würde sie überhaupt damit umgehen können, dass ihr Sohn MS hat?

Aber wie immer war die Wahrheit am einfachsten. Wir sprachen uns aus und schworen uns an dem Tag, immer die Wahrheit zu sagen, egal, um was es ging. Für mich war das ein großer Schritt nach vorn, der mir sehr gutgetan hat.

Mutter trug es mit Fassung. Sie erzählte mir, dass ihr Vater wahrscheinlich auch MS gehabt hatte. Damals habe man noch nicht so viel über diese Krankheit gewusst. MRT gab es nicht, Behandlungsmöglichkeiten auch nicht. Aber er habe alle Symptome einer MS gehabt. Nach der Arbeit sei er immer auf dem Fahrrad nach Hause gefahren und regelmäßig im Graben gelandet. Ihm sei ständig schwindelig gewesen und er habe oft die Orientierung verloren.

Am nächsten Tag rief sie mich an und weinte. Ich glaube, es ist ihr erst langsam klar geworden, was ich ihr am Vortag erzählt hatte.

Jahre später erzählte sie mir, dass es für sie besser gewesen sei, nichts von meiner Krankheit gewusst zu haben. Sie wäre damals zu kraftlos gewesen, um damit umgehen zu können. Ich glaubte ihr nicht. Ich glaube, sie hat es gesagt, weil sie mich liebt und mir das Herz leichter machen wollte. Ich kann Ihnen auch sagen, warum ich das glaube.

Meine Mutter war hart im Nehmen. Während eines Urlaubes mit ihren Söhnen in Italien ging es ihr auf einmal nicht gut. Wir brachten sie deshalb zuerst dort in die Notaufnahme und überführten sie dann ins hiesige Krankenhaus. Sie wurde von Kopf bis Fuß untersucht. Der Darm war mit einem bösartigen Tumor fast zugewachsen und die Ärzte sagten uns im Vertrauen Metastasen voraus. Aber da kannten sie meine Mutter schlecht. Ab unter das

Messer. Erste Darmkrebsoperation. Die gute Nachricht war, dass sich keine Metastasen gebildet hatten. Aber dann kamen die Komplikationen. Sickerblutungen im Darm. Eine Notoperation hat sie vor dem Verbluten gerettet. Dann bildete sich eine eitrige Entzündung im Bauch. Darmkrebsoperation, die dritte. Ich glaube, wir haben alle geweint, als die Ärzte die dritte Operation angesagten. Unsere Mutter, siebenundsiebzig Jahre alt, mit chronischem Lungenleiden, wurde dreimal in acht Tagen unter Vollnarkose längs des Bauches aufgeschnitten. Das waren unmenschliche Belastungen.

Vor der dritten Operation wollte sie nicht mehr, erzählte mir mein Bruder später. Dann hätte sie mich neben ihrem Krankenbett gesehen und gedacht: Ich kann doch den Jungen nicht alleine lassen. Der ist doch krank. Danke, Mama. Heute springt unsere Mutter wieder durch die Gegend und lacht uns an.

Ich zog also zu meinem Bruder, weit weg von vielen Erinnerungen. Das Umzugsunternehmen hatte bereits alles verstaut und sich auf den Weg gemacht. Die Wohnung war leer. Sie war jetzt besenrein, so wie im Vertrag vereinbart. Wenn ich Abmachungen einhielt, hatte ich meist ein gutes Gefühl. Das beruhigte mich immer. Aber dieses Mal hielt das beruhigende Gefühl nicht lange an. Mein Job war weg, meine Frau hatte mich verlassen, mein Zuhause war leer, ich war am Ende.

Das Bett war im Möbelwagen auf dem Weg zu meinem Bruder. Ich selbst hatte erst für den nächsten Tag einen Autozug buchen können. Der Umzug war ein einziger Kraftakt und ich war müde. In weiser Voraussicht hatte ich mir eine Luftmatratze organisiert und legte mich hin.

Ich hatte Hunger. Einen Abschiedsdöner, dachte ich. Als ich aus dem Haus ging, regnete es in Strömen. Auch das noch. Da ich ständig nach unten schauen musste, um nicht zu stolpern, tropfte mir der kalte Regen in den Nacken. Die Dönerbude hatte schon geschlossen. Auf Pizza und Menschen hatte ich keine Lust. Ich wollte mich nur noch verkriechen.

Als ich wieder in meiner leeren Wohnung auf meiner Luftmatratze lag, kam ich mir dann doch einsam vor und ich rief eine ehemalige Freundin an. Ich hatte sie seit meiner Hochzeit nicht mehr gesehen. Aber uns hatte immer etwas Besonderes verbunden, nach so vielen Jahren wusste sie nach drei Sätzen, dass es mir schlecht ging. Sie lud mich sofort ein, vorbeizukommen.

„Komm rein", sagte sie nur. Die Wohnung war gemütlich. Es duftete gut und Kerzen brannten. Sie hatte den Tisch gedeckt und wir aßen ein Käsebrot. Geredet haben wir kaum. „Soll ich dir ein Bad einlassen?" Ich nickte. Das warme Wasser tat gut. Ich machte kleine Unterwasserwellen, die an meinem Körper entlangrollten. Es war eine ganz zarte Berührung. Ein Gefühl der Geborgenheit umströmte mich und löste meine Gedanken.

Ich fragte mich, wovor genau ich eigentlich Angst hatte. Je mehr Angst ich hatte, desto mehr klammerte ich mich an mein gewohntes Leben. Klar, ich wollte nicht im Rollstuhl landen, aber das war es nicht wirklich. Es war auch nicht die Veränderung. Ich war schon so oft aufgescheucht worden, wenn ich es mir gerade gemütlich gemacht hatte. Die Welt drehte sich zu schnell. Auch die Ungewissheit war nicht der Grund für meine Angst. Mit ihr lebte man vom ersten Tag seiner Geburt an. Wenn eines ungewiss war, dann war es das Leben.

Warum hielt ich dann so an meinem Lebensplan fest? Ich hätte mir auch einen anderen aussuchen können. Warum war es so schwer, seinen Lebensplan anzupassen? War es das

Geld? Die Anerkennung? Ich war schon halb in der Badewanne eingeschlafen. Kennen Sie den Zustand? Man denkt nicht mehr, aber man träumt auch noch nicht. Das Wasser streichelte mich. Das war es. Um dieses Gefühl ging es. Angenommen zu sein und sich geborgen zu fühlen. Daher stammte die Angst. Ich hatte Angst vor der Vereinzelung, dem Liebesentzug und der Schutzlosigkeit. Nicht mehr geliebt zu werden. Ich fühlte mich stigmatisiert, aussätzig, ausgestoßen aus der Gemeinschaft der Liebenswerten. Deshalb wollte ich mein altes Leben behalten.

Wir redeten an diesem Abend noch lange. Ich erzählte ihr von meinen Erfahrungen der letzten Jahre. Sie meinte, ich solle mir keine Vorwürfe machen, vielleicht zu lange am alten Leben festgehalten und dafür einen zu hohen Preis bezahlt zu haben. „Es ging halt nicht anders. Ich denke, Festhalten ist unsere Natur“, hörte ich sie sagen. „Kleine Schimpansenbabys klammern sich gut sechs

Jahre lang an die Mutter und werden von ihr ...“. Das Übrige hörte ich nicht mehr, weil ich am Tisch eingeschlafen war. Sie brachte mich ins Bett, und ich schlief seit Langem wieder tief und fest. Meine Beine weckten mich zwar schon um vier Uhr morgens, aber ich fühlte mich gut.

Als ich bei meinem Bruder ankam, wurde ich herzlich von ihm und meiner Schwägerin begrüßt. Meine Schwägerin hatte selbst gerade eine sehr harte Zeit und tat trotzdem alles, um mir den neuen Start zu erleichtern. Mein Bruder erzählte mir erst viel später, wie sehr er sich erschrocken hatte, als ich damals ankam. Ich hätte von Medikamenten aufgeschwemmt und fahl vor ihm gestanden und ihn aus tiefdunklen Augenhöhlen traurig angesehen. Damit hatte er nicht gerechnet.

Die Einliegerwohnung war winzig. Ich richtete mich ein und packte meine Klamotten aus. Alles Dinge, die für mich wichtig waren. Einige

Wochen lebte ich in dieser kleinen Wohnung mit zwei Sofas. Ich konnte mich nicht drehen und wenden. Aber ich wollte mich nicht von einem Sofa trennen. Es ahnte ja keiner, wie viel ich dafür bezahlt hatte. Und das Design. Das Wohnen wurde dadurch zu einem Albtraum. Alles, was du hast, hat irgendwann dich, dachte ich und schmiss ein Sofa über Bord. Erst danach ließ es sich in meiner Wohnung einigermaßen aushalten.

Wenn es mir zu viel wurde, ging ich zum See, schaute auf das Wasser und dachte über mein Leben nach. Über all das, was passiert war und was wohl noch auf mich zukommen würde. Ich fühlte mich hier nicht wohl. Das Wetter war meistens schlecht, das Essen fettig und die Mädels im besten Fall unattraktiv.

Mein Kopf war kein Kübel. Ich schmiss nicht alle möglichen Dinge hinein und schaute dann, was herauskam. Nicht in einem Leben konnte ich all das erfassen, was in einem einzigen Moment um mich herum geschah. Wir haben so eine Art Sicherungskasten eingebaut, dachte ich. Mein Vater war übrigens Elektromeister. Raum und Zeit sind solche Sicherungen. Sie ordnen die Dinge nach dem Motto: „Nicht alle auf einmal! Eines nach dem anderen." Die wichtigste Sicherung ist aber meine Stimmung. Sie zeigt mir, welche von allen möglichen Dingen meine Aufmerksamkeit bekommen sollen. Meine Stimmung war schlecht und zeigte mir nur Schlechtes.

Doch dann passierte etwas Tolles. Eines Abends ging ich ins Bett und es war, als wäre ich nie krank gewesen. Keine brennenden Füße und keine spastisch zuckenden Beine. Wie damals, als ich noch gesund war, wie zu der Zeit, als ich noch nicht einmal wusste, was MS überhaupt ist. Es war fantastisch! Ich war wie neu.

Ich hatte schon davon gehört, dass einige Missempfindungen oder Schmerzen irgendwann einmal verschwinden und die geschädigten Nerven im Laufe der Jahre einen Heilungsprozess durchmachen können. Als ich aufwachte, schrie ich laut: „Hurra. Endlich eine gute Nachricht! Jetzt geht es bergauf!“ Es blieb aber ein einmaliges Ereignis. Ich habe mit aller Macht versucht, diesen Tag noch einmal zu rekonstruieren, alles genau so zu machen wie an diesem wunderbaren Tag, vom Aufstehen bis zum Schlafengehen, von der Ernährung bis zu den Klamotten, die ich getragen hatte. Leider funktionierte es nicht.

Dennoch hatte ich das Gefühl, dass es langsam mit mir aufwärtsging. Wenn ich mich genau beobachtete, stellte ich fest, dass es mir im Großen und Ganzen besser ging. Meine Baustellen wurden allmählich geschlossen. Die Scheidung verlief sehr freundschaftlich. Tatsächlich wurde mir auch nach einigen Terminen mit verschiedenen Vertrauensärzten der Rentenkasse meine Rente ohne Umschweife anerkannt. Auf der einen Seite beruhigte mich das sehr, auf der anderen Seite zeigte es mir wieder einmal, wie schlecht es um mich stand. Aber ich hatte weniger Stress und mehr Zeit für mich. Ich konnte meiner Krankheit entsprechend leben und mich auf sie einlassen.

Kennen Sie den Film „Fight Club“? Die wichtigste Szene für mich ist die, in der Brad Pitt der Hauptfigur Säure auf die Hand kippt und sie zwingt, den Schmerz auszuhalten. Als eine Art Übung im Hier und Jetzt. „Dies ist dein Schmerz“, sagt er und hält die Hand fest. „Dies ist deine MS“, hörte ich ihn zu mir sagen.

„Ich habe MS.“ Diesen Gedanken hatte ich nie wirklich zugelassen. Das mag verrückt klingen, aber es war so. Als mein Vater in der kleinen Kapelle aufgebahrt gelegen hatte, kam der Leichenbestatter kurz vor der Beerdigung hinein und verschraubte den Sargdeckel. Ich wollte ihn im ersten Moment davon abhalten, weil ich gedacht habe: Was macht der da? Dann kommt mein Vater doch nicht mehr raus. Manchmal brauchte ich mehr Zeit als andere, um die einfachsten Dinge zu akzeptieren. Ich fing an zu begreifen, dass mein Leidensweg auch deshalb so lang und mühsam gewesen ist, weil ich meine Krankheit nicht akzeptiert habe.

Ich hatte meine Vorsätze und Durchhalteparolen vor mich hergesagt, weil sie mir geholfen haben, an meinem alten Leben festzuhalten. Mein Gefühl hat mir diese Parolen diktiert. Das Gefühl ist die höchste Form der Intelligenz. Die Kraft der Gedanken gibt es nicht. Das ist eine Illusion. Diese Gedanken gingen mir im Kopf herum. Aber sie hatten keine Konsequenzen für mein Leben. Ich bestand immer noch darauf, dass alles so blieb, wie es vor meiner Krankheit gewesen ist. Freiwillig habe ich nichts aufgegeben. Geholfen hat mir das Klammern allerdings nicht. Oder vielleicht doch. Vielleicht musste der Leidensdruck so groß werden, damit ich das alte Leben gezwungenermaßen hinter mir lassen musste. Das Einzige, was mir wirklich geholfen hat, konnte ich nicht aus eigener Kraft bestimmen, nämlich einen Neuanfang. Aber der sollte nun kommen.

Meine Schwägerin wollte sich ein neues Motorrad kaufen und holte sich bei mir, dem Zweiradexperten, Rat. Wir fuhren zu Harley-Davidson und schauten uns alle Maschinen an. Schließlich bot der Verkäufer meiner Schwägerin eine Probefahrt an. Zu mir sagte er trocken: „Du willst doch sicher auch fahren. Such dir eine aus.“ Dabei zeigte er auf zehn verschiedene Bikes. Wir setzten uns auf unsere Harleys und donnerten los. Als wir wieder zurückkamen, sagte meine Schwägerin freudestrahlend: „Die nehme ich.“

Ich hätte mir natürlich am liebsten auch eine Maschine gekauft, aber ich traute mich nicht. Ich hätte meine letzten Reserven für eine gebrauchte Harley hinblättern müssen. Ich rief meinen Bruder an, wahrscheinlich nur, weil ich genau wusste, dass er mir zum Kauf raten würde. Er meinte nur: „Wenn dir am

Ende deines Lebens das Geld fehlt, gebe ich es dir." So kam ich zu meinem lang gehegten Traum, meinem Harley-Davidson Street Bob Dyna FXDB Custom Bike.

Interessanterweise kann ich automatisierte und mechanische Dinge von früher am besten. Also Auto- oder Motorradfahren. Etwas Neues kann ich nicht mehr lernen. Dazu reicht meine Konzentration nicht mehr aus. Wahrscheinlich ist das wie bei alten Omas, die noch das letzte Detail aus ihrer Jugend erzählen können, aber nicht mehr wissen, wo sie gestern gewesen sind.

Auf jeden Fall war dieser Tag ein Wendepunkt in meinem Leben. Gestern hätte ich mir nicht einmal mehr ein paar Schuhe gekauft und heute stieg ich auf meine eigene Harley. Etwas hat sich grundlegend geändert. Eine neue Zeit brach für mich an.

Nur um Missverständnissen vorzubeugen, die Harley hat nicht mein Leben verändert. Nicht was ich gekauft habe, war entscheidend, sondern dass ich wieder meine Träume und Hoffnungen leben wollte, das war der Wendepunkt. Warum das auf einmal so war, weiß ich auch nicht wirklich. Mein Lebensgefühl war auf einmal anders.

Ein Freund hat einmal gefragt, ob ich glücklich sei. Damals, lange vor meiner Krankheit. Ich kann mich noch gut daran erinnern. Ich hatte kurz überlegt und geantwortet: „Ich glaube, ich war noch nie glücklich in meinem Leben." Ich meinte damit, so richtig glücklich, ein echtes Glücksgefühl zu haben. Irgendwie hat mich meine Antwort selbst erschreckt. Man weiß auch nicht viel über das Glück. Es klebt nicht. Es ist nichts Festes. Wahrscheinlich eher gasförmig, flüchtig. Wenn ich meinen Arzt fragte, dann erzählte er mir etwas vom Glückshormon „Oxytocin". Es leite Wehen ein und Babys produzierten es beim Stillen. Jede angenehme Berührung rege die Ausschüttung von Oxytocin an. Deshalb machte er Oxytocin für Gefühle wie Liebe und Vertrauen verantwortlich.

Das war natürlich in meinen Augen alles Unsinn. Ein hilfloses Kratzen an der Oberfläche. Wer hatte denn den Hormonen gesagt, dass sie uns mit Gefühlen durchschütteln sollten? Eine einfache mechanische Vorrichtung hätte ihren Zweck erfüllt. Ein bisschen kontrahieren, ein bisschen nuckeln. Warum immer in einem gefühlsbetonten Paket? Warum werden aus elektrischen Schwingungen in unserem Kopf aufregende Bilder, sehnsuchtsvolle Lieder oder aufwühlende Erinnerungen? Es sind alles nur elektronische Impulse. Aber nur physikalisch gesehen.

Physikalisch gesehen gibt es auch keinen Unterschied zwischen einem Stein und einem Menschen. Beide sind aus Sternenstaub gemacht und nehmen Außeneinwirkungen wahr. Tatsächlich aber übersetzen wir Menschen diese physikalischen Daten in etwas Übersinnliches: Schallwellen in Musik, Wahrnehmung in Empfindung und Hormone in Glücksempfindungen. Das erst macht den Menschen und sein Glück aus, sagte ich zu mir selbst.

Viele Jahre später fuhr ich als kranker Mann auf meiner Harley um den See und schrie unkontrolliert vor Freude. Ich war so unglaublich glücklich. Dieses Gefühl, in dieser Intensität, habe ich als gesunder Mensch nie gehabt. Mein Dienstwagen, meine Krawatte, meine Ehe, nichts davon hat mir je einen solchen Moment des Glücks geschenkt. All das hat nie eine solche Bedeutung gehabt wie dieser Augenblick.

Selbstverständlich ging meine Krankheit trotz allem nicht spurlos an mir vorüber. Ich bekam manchmal auf dem Motorrad Schwindelanfälle und musste die Motorradtour mit den Freunden abbrechen. Ich wäre sonst, wie mein Opa, im Graben gelandet. Klar konnte man eine Tour abbrechen. Keine Katastrophe. Aber immer stellte sich die Frage, was erzähle ich den anderen? Die Wahrheit wollte ich nicht sagen und meine Lügen waren unglaubwürdig. So wurde man schneller zum Kauz und Außenseiter abgestempelt, als man gucken konnte. Trotzdem erzählte ich niemandem von meiner Krankheit.

An solchen Tagen verkroch ich mich so lange in meiner kleinen Wohnung, bis ich wie Phönix aus der Asche wieder gestärkt dastand. Vorher sollte mich niemand sehen und ich wollte auch mit niemandem sprechen. Die Rollläden blieben oft tagelang unten.

Meine schlechten Gewohnheiten halfen mir, die Zeit zu vertreiben. Ich zappte wieder durch das Fernsehprogramm. Einer meiner Lieblingsfilme lief, „Rendezvous mit Joe Black“. Brad Pitt spielte darin den Tod und

Anthony Hopkins sagte zu ihm: „Es ist nicht leicht, loszulassen.“ Der Tod weiß, wovon Anthony spricht. Er ist verliebt. „Was soll ich dir erzählen? Das ist das Leben“, sagte Anthony am Ende.

Er hatte verdammt recht und ich musste weinen. Ich war auf einmal todtraurig und hätte gern mit jemandem gesprochen. Aber ich wäre im Leben nicht aus meinem kleinen Loch gekrochen, bevor es mir nicht wieder besser ging. In diesem Zustand der Verletzlichkeit und Schwäche hätte ich mich keinem offenbart. Am schnellsten heile ich alleine, sagte ich mir.

Früher oder später tauchte ich wieder auf. Ich hatte Zeit. Ich konnte mir so viel Ruhe gönnen, wie nötig war, um mich einigermaßen zu regenerieren. Ich hatte keine Sorgen und keine Termine, die mich von mir selbst ablenkten. Ich merkte genau, dass dieses Leben mir guttat, denn manches kam zu mir zurück.

Essen, zum Beispiel. Essen ist immer schon ein wichtiger Bestandteil meines Lebens gewesen. Nach meinen Schüben in den Mund konnte ich zeitweise nichts mehr schmecken. Das soll nun auch vorbei sein, dachte ich. Ich tröstete mich mit der Tatsache, dass früher auch nur Licht und Senf in meinem Kühlschrank gewesen waren. Alles nur Sprüche. Nichts mehr zu schmecken war ein fürchterliches Gefühl. Egal, was ich aß, alles schmeckte gleich fad und muffig. Nur die Erinnerung half mir zu erahnen, wie das Gericht wohl schmecken müsste. Vor mir liegt ein Leben in Geschmacklosigkeit, dachte ich bei mir ...

Dann kam der Knaller. Nach meinen Schüben in den Mund bildeten sich meine Beschwerden nicht nur völlig zurück, sondern ich konnte besser riechen und schmecken als vorher. Ich konnte im Gegensatz zu früher scharfe Gerichte essen, indisches Curry oder Gemüse vom Thai. Bei den Weinproben meines Bruders lag ich immer ganz weit vorne. Mit den Jahren wurde ich ein guter Koch – behaupten zumindest einige. Apropos gut. In diesem Zusammenhang sollte ich erwähnen, dass ich mich auch beim Sex zurückgemeldet habe. Meine ersten nachehelichen Sexversuche habe ich mit Viagra & Co. unternommen. Ausgezeichnete Ergebnisse. Am Anfang. Heute habe ich eine tolle Freundin und es klappt wunderbar, ganz ohne Unterstützung der Pharmaindustrie.

Ich habe natürlich auch hier einen Arzt gefunden, bei dem ich gut aufgehoben bin, nachdem wir uns erst einmal beschnuppert haben. „Was halten Sie von einer Lumbalpunktion?", fragte er mich. „Warum soll ich das machen? Bei mir besteht nach den Kriterien von McDonald eine klinisch eindeutige Multiple Sklerose. Das sind Ihre Worte." „Ja, nur mal so", antwortete er. „Nur mal so, eine Lumbalpunktion? Haben Sie schon einmal eine über sich ergehen lassen? Das machen Sie nicht nur mal so und mit Sicherheit nicht mit mir." Ich ging.

Doch die alten Themen blieben. Bei den immer wieder anstehenden Untersuchungen wurde unverhofft der PML-Virus festgestellt. Meine Chance, an PML zu sterben, ist durch die lange Einnahme und den nachgewiesenen Virus um ein Vielfaches gestiegen. Nach einem kurzen Gespräch mit meinem Arzt einigten wir uns auf eine sechsmonatige Pause. Das hatten wir schon einmal probiert und es hat prima geklappt. Diesmal nicht. Nach fünf Monaten bekam ich einen Schub. Wieder in den Mund. Man hatte Routine. Erst Kortison, nachts gurgelte ich mit meiner Magensäure, danach wieder Tysabri.

Ich saß wieder in meiner kleinen Höhle. Ständig fuhr ich mit meiner Zunge über die Oberlippe. Unentwegt probierte ich aus, ob das Kortison endlich wirkte. Es dauerte. Ich igelte mich ein. Der Fernseher lief. Dustin Hofmann hatte sich bei den Indianern gerade den Namen Little Big Man verdient, weil er drei Frauen in einer Nacht glücklich gemacht hatte.

Statt an Sex dachte ich an Kriegsbemalung. Warum malten Indianer sich ihre Gesichter an? Klar, sie sahen angsteinflößender aus und man konnte ihre Stammeszugehörigkeit erkennen. Aber der springende Punkt schien mir, dass sie ihre Identität ablegten. Sie konnten so enthemmter gegen einen Stamm kämpfen und am nächsten Tag um eine Squaw werben. Sie mussten ihre Grausamkeiten nicht rechtfertigen. Nach dem Motto: „Das war ich nicht, nicht wirklich." Oder: „Das war ich, aber in einem Ausnahmezustand."

Ich hatte mir auch so eine Art Kriegsbemalung aufgemalt. Keiner sollte erkennen, wie ich wirklich war. Seit meiner Diagnose hatte ich das durchgehalten. Vom ersten Tag an. Gute Gründe hatte ich genug vorgeschoben. Ich will andere Menschen nicht damit belasten. Ich habe keine Lust auf das Mitleid, die unbeholfenen Reaktionen und die fragenden Blicke. Ich hasste die Frage: „Wie geht es dir?" Sie hatte ihre Unbefangenheit verloren. Meine vermeintliche Rücksichtnahme auf andere hatte mir erlaubt, nicht die Wahrheit zu sagen und mein Selbstverständnis des unverwüstlichen Megatypen nach außen hin zu bewahren.

Ich lebte nur noch als Fassade. Nichts dahinter. Mein Ich wollte für die anderen nicht ich sein. Es fühlte sich absurd, paradox, fast lächerlich an. „Jeder sucht sich sein Leben aus", hatte der Alte von der Parkbank gesagt. Ich erinnerte mich an all die schweren Stunden und auch die Last, die von mir genommen wurde, wenn ich mich zu erkennen gegeben hatte.

Auf meinem Tisch sehe ich mein Manuskript liegen. Mein Bruder ist vor einiger Zeit auf die glorreiche Idee gekommen, einen Verlag zu gründen. „Ich brauche Autoren mit Potenzial", erklärte er. Er wusste genau, wie man mich ködern konnte. Dann schlug er mir vor, meine Geschichte zu veröffentlichen. „Ich kann das nicht. Ich breche zusammen, wenn ich eine halbe Stunde am Computer sitze." Er blieb hartnäckig. „Diktiere es einfach in dein Handy." Es war eine verrückte Idee. Ich ließ sie einige Tage sacken und fing an, in mein Handy zu sprechen. Jeden Tag ein bisschen. Es fühlte sich gut und richtig an. Also willigte ich ein, aber nur unter der Bedingung, dass das Buch unter einem Pseudonym veröffentlicht werden würde.

Ich war mir unsicher. Grammatik, Zeichensetzung, Zeiten. Als ich ein kleiner Junge war, lief zu Hause ohne Unterbrechung der Schlager „Marmor, Stein und Eisen bricht". Der Bayerische Rundfunk hatte ihn damals wegen seiner falschen Grammatik lange Zeit nicht gespielt. Da bekam man als Autor in spe schon Respekt. Aber ich wollte auch keinen Nobelpreis gewinnen.

Aber was wollte ich dann? Was das Buch sollte, wusste ich auch nicht. Doch es fing an, mir Spaß zu machen, mein Leben mit Daly zu rekapitulieren. Beim Diktieren merkte ich, wie ich vieles noch einmal durchlebte und mich fragte, warum ich damals so und nicht anders gehandelt habe. Was war gut für mich und was schlecht? Das Diktieren zwang mich, über mich nachzudenken. Ich kam zu dem grandiosen Schluss, dass vieles damals einfacher gewesen wäre, wenn ich die Einstellung von heute gehabt hätte.

Plötzlich beschimpfe ich mich selbst: „Du redest doch nur Unsinn daher und machst dir selbst etwas vor. Welche tolle Einstellung hast du denn heute? Verstecken spielen, das kannst du. Unter Pseudonym veröffentlichen. Was für eine tolle neue Einstellung.“ Ich war tatsächlich sauer auf mich. Für die Indianer auf dem Kriegspfad mochte die Kriegsbemalung einen Sinn gehabt haben. Aber für mich macht meine Anonymität keinen Sinn mehr. Ich finde mein Manuskript gut. Warum soll ich nicht sagen, dass es meine Geschichte und mein Buch und meine MS ist? Ich habe plötzlich keine Lust mehr, mich zu verstecken. Ich bin krank, ja und? Mein Gott, wie lange hat es gedauert, bis ich diesen Satz zu mir selbst sagen konnte. Ich fühle mich gut. Ruhiger und tiefer.

Es ist Abend geworden und ich gehe noch einmal zum See. Ich setze mich an meinen Lieblingsplatz und der See schimmert im Mondlicht. Ich fühle mich aufgehoben, und wenn ich eines Tages sterben werde, ist es, als würde ich von einer fantastischen Reise nach Hause zurückkommen. An diesem Abend beschließe ich, mein Buch nicht unter einem Pseudonym zu veröffentlichen. Es wird unter meinem Namen erscheinen, mit meinem Bild auf der Titelseite. Ich bin ich. Und das ist gut so. Ich habe den Kampf meines Lebens gekämpft und mir oft gewünscht, er wäre weniger hart gewesen. Aber nie habe ich auf einen Tag meines Lebens verzichten wollen. Die Zeit mit Daly hat mich dem Leben nähergebracht.

Ich bin dem Leben so nahe wie nie zuvor. Daly hat mich auf diesen Moment gut vorbereitet. Zehn Jahre lang ist sie gnadenlos, wie mit einer Kettensäge, durch mein Leben gegangen. Meine Gesundheit, meine Ehe, meinen Beruf, meine Träume und Lebenspläne, alles, was mir Sicherheit und Geborgenheit gegeben hat, hat sie mit brachialer Gewalt abgetrennt. Aber Daly ist nicht vorgegangen wie ein Holzfäller, sie hat nicht die Wurzeln, nicht den Stamm gekappt. Ich stehe noch. Sie hat mich freigeschnitten, von allem, was nicht zu meinem Innersten gehörte. Es hat etwas von einer Wiedergeburt. Sie hat mir noch einmal die Nabelschnur durchtrennt. Ein neues Leben liegt vor mir. Innerlicher und konzentrierter und tiefer.

„Wer um die große Liebe kämpft, sollte nicht unvorbereitet siegen", stand auf dem Plakat. Ich habe um meine große Liebe gekämpft. Das Leben ist immer meine große Liebe geblieben.